—————— 阅读之前 没有真相

午夜文库

间谍的工具箱
The Spy Toolkit:
Extraordinary Inventions From World War II

[英]史蒂芬·特威格 著
乔迪 译

新 星 出 版 社　NEW STAR PRESS

1	简介
29	秘密特工
47	敌后破坏工作：引爆装置
97	诡雷
105	引燃装置
113	伪装及欺骗技能
131	联系基地
141	参考文献

简 介

二战中，活跃在敌后的秘密特工的形象大多已深入人心，有很多经典影片都刻画过此类形象，比如一九四七年的《真相大白》[①]、一九五〇年的《奥德特》(*Odette*)、一九五七年的《夜间伏击》(*Night Ambush*)、一九五八年的《女英烈传》(*Carve Her Name with Pride*)。这些影片中塑造了敌后工作者的形象，他们与浴血沙场的战士并肩作战，为将欧洲从纳粹分子手中解放出来而不懈奋斗。与影片的惊心动魄相比，现实中的敌后工作却平淡得多。敌后特工经常是孤身奋战，需要伪装身份、隐藏真正的意图。为确保自己的伪装不被戳穿，特工会运用特殊设备，在伪装下完成任务。本书详细介绍了多种二战中特工使用的设备，以及双方间谍如何使用这些随身设备。

[①] *Now it can be Told* 又名《危险学校》(*School for Danger*)。

组　织

一九四〇年七月，法国陷落，英法联军从敦刻尔克大规模撤离，于是英国便只能只身对抗德军的攻击。为了战胜敌人，英国首相温斯顿·丘吉尔创立了一支接受了特殊训练的敌后部队。这个新设立的组织就是特别行动小组SOE。在SOE总部搬到伦敦后，有时也被称为"贝克街小分队"。

SOE得到的指令很简单："在欧洲点把火"。一九四〇年七月，战时内阁成立后，SOE开始招募第一批特工。SOE的人员来自三个独立的机构，其一是秘密情报局，也就是军情六处的D分部；其二是军事情报研究中心；其三是来自电讯大厦。

军情六处的D分部成立于二十世纪三十年代后期，执行军事辅助任务，破坏敌方行动。军事情报研究中心负责处理游击战相关任务，隶属英国陆军部。电讯大厦则是外交部下属的宣传部门。因此，SOE内部也被分为三个部分：SOE1（负责宣传工作）；SOE2（负责执行任务，管理特工）；SOE3（负责行动策划）。一九四一年八月，SOE与英国信息部发生了一些冲突，于是宣传部门被调整到了新成立的政治战争行政部，隶属外交部。这次调整使SOE能够专心管理特工，开展海外敌后破坏工作。SOE的大部分行动都是在欧洲的德占区进行，但也在北非、中东、南亚和远东地区取得了不同程度的胜利。二战结束后，SOE完成了它的历史使命，于一九四六年解散。

特　工

为了对敌方行动进行颠覆和破坏，SOE需要一支稳定的队伍，成员均需自愿加入，甘愿冒生命危险在敌后工作。要成为一名优秀的特工，语言技能、伪装技能和抗压能力缺一不可。无论是男人还是女人，都有潜力掌握这些技能，成为特工。特工的招募范围很广，在被德国占领前逃离本土的法国、波兰和荷兰的陆军、海军以及空军士兵都有可能成为被招募对象。犹太组织和其他战绩不佳的组织中，只要表现出一些"流氓式的战斗技巧"，就可以提升被招募进组的概率。在招募女性这点上，SOE的做法确实领先于时代，很多女性特工都是从当时的急救护士志愿队和妇女空军辅助部队中招募过来的。同时，特工必须了解目的国的所有信息，会说当地的语言。

　　如果SOE觉得某些候选人有成为特工的潜力，就会邀请他们到英国陆军部的秘密地点面试。第一次面试通常会选在维多利亚大酒店。维多利亚大酒店位于伦敦中部，是白厅墙外诺森伯兰大街上一个不太起眼的高大建筑。面试之前，候选人的背景都会经过详细审查，优缺点都一览无遗。面试基本会持续二十分钟左右，通常用法语，或是依照候选人背景不同，用其他外语进行。一旦面试官觉得候选人的语言够好，能够与当地人媲美，便会考虑将他们派回欧洲的德占区。很多候选人都有双重国籍，很想回到家乡。而且，很多人都觉得自己是来面试口译员的。在将真正的任务透露给他们之前，这些候选人将接受政治、信仰方面的测试，测试他们是否有亲德倾向，或者是否有法西斯主义倾向。除语言技能之外，此类秘密工作还要求特工有不达目的决不罢休的坚定意志，既要有独立工作能力，也要有团队协作能力。

训 练

一旦候选人通过了第一轮面试,就会被送往初级训练场进行体能和军事能力方面的评估,让SOE的各国分部都能够更好地了解这些未来特工的能力,然后再把他们分派到各自的秘密任务中去,扮演各自的角色。初级训练会持续三到五周,包括枪械训练、地图阅读技能训练和初级的信号训练。训练伊始,候选人会被告知他们即将加入某个突击分队,突袭德占区。同时,候选人还会学习一些生存技巧,学习如何在没有陆地的情况下生存。这些课程十分繁重,对体能要求很高,很多候选人都无法完成课业。课程中,如果某个候选人被认为不适合进行敌后工作,就会被送回原单位,继续原来的平民生活。这些人并不知道他们接受训练的真正目的,因此就算离开,也不会有泄密的风险。

接下来,通过了初级训练的候选人会被送往特殊训练学校。在那里,他们会了解真正的任务,学习如何进攻工厂、铁路以及军事设施。第一所特殊训练学校——第十七站——坐落于赫特福德郡的布里克敦博利,其中一名教官就是声名远扬的苏联双面间谍盖伊·伯吉斯。特殊训练学校的教学目的是将这些来自不同国家的特工候选人训练成真正的秘密特工,回到自己的故土,建立敌后反抗组织,实施敌后破坏行动。在这里,他们会学习不同的课程——溜门撬锁、伪造文件、使用微型相机,等等,还会学习如何使用家用化学品自制炸弹。随着SOE越发壮大，陆军部征收了因弗内斯郡的阿里赛格旅馆，将初级训练场的总部设在这里。这时初级训练的课程已经包括炸药装配、炸药拆除、游击战及"无声刺杀"。

敌后特工的工作中，很重要的一个部分便是信息处理——从基地接收信息，再将得到的信息发回给基地。因此，候选人得学习使用无线电设备、莫尔斯电码和密码系统。课程的最后，这些候选人会被送到柴郡塔顿公园的中央着陆地（又名第一跳伞训练基地）。在这里，他们会接受一系列训练。首先是从塔上跳下，然后是从时速三十英里的卡车上跳下。在学会正确着陆之后，这些候选人就会带上降落伞，登上一架小飞机，学习跳伞。初期的跳伞训练是在白天，然后会练习夜间跳伞。若陆上降落条件不够，特工们也会学习如何在特殊跳伞设备的帮助下，在海上降落。同时，SOE也为其他组织的特工提供培训，包括英国军情六处、美国战略情报局和法国对外安全总局。

破坏行动

圆满完成训练之后,特工们会得到一本名为《破坏行动指南》的书,一步步教他们如何摧毁敌人的工厂而不被发现。一般破坏这类工业设施最理想的办法是火攻,因为大部分情况下,大火可以毁灭所有痕迹,还能造成比炸药更严重的破坏。在破坏行动中,特工需要对工厂布局加以考虑,利用星火燎原的原理造成更大的损失,而救火的大量用水也会冲毁这个工厂。放火并不需要什么特殊设备,调查机构调查的时候,也很难界定这是一场人为破坏还是意外事故。如果大火烧毁了屋顶,价值连城的机器和库存货物就会经受风吹日晒,造成生产延后、物品损毁或是秩序混乱。

同时,特工还会充分利用整体建筑布局。放火的地点应选在直立面或斜坡附近,因为这些地方的火势比平面更容易扩散。条件允许的情况下,特工会选择在底层、接近楼梯或升降梯附近的地方放火,这样火势就会一层层蔓延。放火时,特工会将窗和门都敞开,保证有足够的空气流动以扩大火势。他们还会学习如何在不触动警报的情况下打开水阀,将整栋大楼淹没。为了将敌人的损失最大化,特工们还会破坏烟雾警报,毁掉灭火器,同时还会在距离中心火场一定距离的地方放一把小火,将众人的视线从中心火场转移出来。为了将敌后破坏行动的损失最大化,特工们要遵循如下要求：

- 在炼钢厂和铸铁厂之中，优先破坏铸铁厂。相对于炼钢厂，铸铁厂更容易被破坏，也更难修复。
- 在正在运转的机器和未运转的机器之中，优先破坏正在运转的机器，尤其是轴承和铸件部分。只要破坏了这些部分，机器就会自己慢慢坏掉。
- 破坏非标准化机器。这些机器如果坏了，更难修复，也不容易找到替代品。
- 破坏零部件众多的大型机械，不太常见的高精机械更佳。这样的机械很难在短时间内找到替代品，也很难被修好。
- 在目标相近的大型破坏行动中，破坏每个机械上相同的部分。这会让敌人很难从被破坏的机械上拆下完好的零部件组成一个新机器，因为每台机器都缺少同一个部件。
- 优先考虑是否有火攻、水攻和打砸的条件，这样就不需要使用炸弹，也更加安全。
- 一定要优先破坏重要机械，如果两三台重要机械被破坏导致无法使用，该工厂的生产就会完全停止。
- 电力设施永远是工业破坏中最重要的目标。变压器和电缆一旦被破坏，整个地区都会停工。修不好就没有办法开工。

为了造成混乱，让敌人不能轻易估算出损失，特工们不能轻易使用炸药，只有万不得已时才能使用。其实，要想对工厂和机械造成重大破坏，还有很多其他的方法。要想破坏冷却系统，可以在机器的水槽内撒上一把稻谷，稻谷发芽之后就会堵塞机械的水循环系统。冷却系统一旦关闭，高温炉几周都不能工作。同时，在原材料中掺入杂质，或是在料斗中填上几大块冰，也能造成高温炉破裂或爆炸。

在参加敌后工作之前，特工们还要经过最后一道培训。他们会依照国籍被分成不同的小组，为将来的敌后工作做准备。这时候，这些未来的特工将学习各种领域的外勤技能，包括如何招募、管理特工，如何保证人身安全，如何快速熟悉目的地条件环境等。在出任务之前，特工会有一个新身份，也会学习如何融入当地。他们不能使用任何可能会暴露自己有国外生活经历的词汇。有时候，会有人在半夜粗暴地叫醒他们，看他们是用母语还是用英语回应。目的地的敌方情况也会提供给他们，公开信息（比如德意志国防军和警察）和秘密信息（比如"阿勃维尔"和"盖世太保"）都会包括在内。对于某些可能存在问题的特工，还有一项终极测试。这些特工会与特工"菲菲"见面，"菲菲"是一名SOE的女性卧底，她的工作就是用自己的女性魅力说服男性泄露秘密。对于某些还在接受训练的特工来说，几句调情、几分关注和一点欲望就能让他们透露组织秘密。只要没能通过这项终极测试，这些即将踏入敌后工作的未来特工就会立刻被SOE开除，送往"冷却室"。"冷却室"位于遥远的苏格兰高地，在那里，他们会被要求忘记所有与SOE及其行动相关的信息。

设备与设施

在正式开始敌后工作之前，特工会得到一系列高级设备，帮助他们在不惊动地方警察和安保人员的情况下完成破坏行动。这些设备大部分是由SOE自己的科学家和工程师发明制造的。这些科学家和工程师在一个位于韦林花园城、被称为第九站的研究机构里工作，而这些在当时均属于绝密信息。第九站里研发的设备包括燃烧弹、信号弹、定时引信、毒药和自杀毒丸等。其中最受欢迎的就是碳化硅粉，一旦与油混合，即可造成机械部件失灵。碳化硅粉在德占区的铁路破坏行动中使用非常广泛，全速行驶的火车轮子一旦被碳化硅粉卡住，就会造成火车脱轨事故。

据称，很多由第九站研发制造的设备都被收录在一个由MO1（SP）编录的小册子中，配有插图，在特工及突击队中传阅，而MO1这个组织并不存在于陆军的官方机构之中。小册子中收录的设备包括：背面是塑料的金属领扣，可以把微缩印刷品藏进去；领结，可以把印在丝绸上的微型编码藏进去；改装过的门钥匙，里面藏得下小型微缩印刷品；还有香烟燃烧弹；可以爆炸的模型老鼠和水下呼吸装置。

SOE还有一个伪装部门，专门负责把武器、爆炸物和联络设备伪装成不起眼的小东西——几个罐头、几瓶酒或是便携唱片机等。伪装部门在特工进行敌后工作时起到了非常重要的作用。

其中，最大的伪装工作室是由第十五站建设的，位于"茅草屋"。"茅草屋"是二十世纪九十年代赫特福德郡伯翰姆伍德巴尼特公路上的一个小旅馆。

SOE伪装部门的主要任务与其他部队中类似机构的常规任务不同，他们经常需要为武器和特殊设备提供伪装，把武器、爆炸物、金钱、密码、文件、收音机或是军需补给运到出任务的特工手上。因此，熟悉道具设计与制作的电影制片工程师通常会成为SOE的招募对象，帮助SOE的伪装部门完成伪装任务。要伪装的东西实在是太多了，伪装部门只能一步步来：首先是改装的唇膏，里面能装下一小段信息；其次是一双木拖鞋，鞋底中空，塞满了塑胶炸弹；再次是两个用塑料做的煤矿坑柱，里面装的是三英尺的迫击炮桶。特工们穿的衣服和用的东西都不能太新，因此要做旧。伪装工作中，细节就是一切：欧洲的领扣眼是竖着的，但英国的领扣眼是横着的，一旦错了，特工就会暴露。用于支持海外活动的几百万英镑外汇就藏在茶叶罐、保温瓶、罐头或儿童玩具里；军火和武器藏在装鱼类内脏的桶里、水泥袋里或海上的浮木里；发射天线藏在衣服的缝线、登山绳或水龙头软管里。后来，SOE在伦敦自然历史博物馆中申请了好几间屋子来展示伪装部门的工作成果，以便那些大人物和军方高层视察这些敌后工作设备。

伪装部门生产的爆炸和引燃设备分为以下五种：

- **引爆装置**。引爆装置包括标准填充装置和特殊铸造装置两种，配有安全保险丝或延时引信，通常伪装成一些常见物品，比如油罐、煤油灯、木拖鞋、老鼠、手电筒或酒瓶。
- **诡雷**。诡雷通常由某些非嫌疑人引爆，这些人要么移动了伪装成日常用品的诡雷，要么是打开了诡雷，要么是动了诡雷的某个部位。诡雷一般会伪装成自行车气泵、罐头或是门把手。为了保证自行车气泵的爆炸效果，特工通常会将面对敌人一侧的自行车胎放气，然后将气泵拧到引爆阀上。这时候，只要给自行车充气，就会引发爆炸。

- **保护性燃烧装置**。保护性燃烧装置是为了保护装置内的机密文件，只要未授权人员以不正当方式打开设备，设备就会自燃。SOE生产了两种保护性燃烧装置——电动保护性燃烧装置和机械保护性燃烧装置。这类设备通常会伪装成公文包、雪茄盒或工具箱。在公文包中，引火装置会绕过公文包的锁扣，只要公文包没有以特定方式打开，就会触发引火装置，最终引发设备自燃。

- **燃烧销毁装置**。如果特工想要销毁某些文件，或是需要销毁某些潜在的危险文件，就需要使用到燃烧销毁装置。燃烧销毁装置一般在总部使用，方便在接到通知后立即销毁文件。这类装置一般会伪装成文件箱、垃圾箱或文件夹。

- **延时启动燃烧装置**。延时启动燃烧装置一般会伪装成日常家居用品，比如香烟、火柴或电池，在某个特定时间燃烧。伪造的香烟一般用作短时延时启动燃烧装置，点燃后，只能给特工提供三秒到四秒的反应时间来逃离危险区域。延时启动燃烧装置主要用来点燃文件或其他易燃物品，可以为特工争取一些时间逃离危险区域。香烟类短时延时启动燃烧装置内部有一支普通香烟，外面裹着易燃物品。香烟类延时启动燃烧装置非常受欢迎，截至一九四四年年底，SOE一共生产了四万三千七百支，全都派发了出去。

伪　装

　　为了配合伪装部门的工作，SOE还有一批专业人员负责伪造身份证明和配套文件，连欧洲大陆的行李牌都能做出来，贴在手提箱或行李箱上，让特工伪装的身份显得更加逼真。工作人员会顾及所有细节，就连牙齿里的填充物都要从英国人惯用的材料改成欧洲大陆惯用的复合材料。为此，SOE还雇用了一批牙医。为了让自己更贴合在任务中所伪装的人物形象，特工们大多要在年龄伪装上下功夫。工作人员会在特工的面部或口中塞入填充物，让面部看起来更饱满，还会在脸上贴胡子。但工作人员建议，假胡子只能在灯光昏暗的地方或者晚上才能使用。

　　面部和手部的伪装可以通过在皮肤上涂抹铁锈或油脂来实现，但要注意的是，伪装材料要涂在全身所有皮肤上，脖子后面和耳朵后面的皮肤也要涂到。煤灰和木炭可以用来涂黑眉毛和头发；反之，灰粉和滑石粉也可以用来让头发、胡须和眉毛的颜色变浅。特工还会用烟袋、香烟或胸花来转移路人的视线。特工的行为举止也可以改变：在鞋底放一粒小石块可以伪造出腿脚不便的假象，而在衣服里塞一个背心就可以让正常人变成一个驼子。

　　下列建议可以帮助特工决定自己要伪装成什么样的形象：

黄金法则

绝对不能脱离人设,既不能脱离人设的穿衣风格,也不能脱离人设的精神状态。比如说,如果特工伪装的是个工人,就不能穿白衬衫、打黑领带,也不能双手干净整洁,看起来像个受过教育的人。

衣着
请注意着装的所有细节,衣服式样、袜子、领带、手绢等都要考虑在内。什么样的衣着配什么样的帽子也要注意。

个人配饰
比如香烟,所读的报纸种类、文件内容,手表,都要注意。

发型
请注意自己的人物需要长发还是短发,头发是干净整洁还是脏乱。

面部
请注意人物的面部清洁与否,是否刮过胡子,脸色是苍白还是黝黑。

牙齿

请注意人物牙齿是洁白整齐，还是黄乱不堪。

手部

请注意人物是否留有指甲，手部是干净整洁、白皙，还是有劳作的痕迹。

双足

请注意选择穿皮鞋还是靴子，以及鞋面的卫生状况。

习惯动作

请摒弃之前自己的习惯动作，坚持练习人设人物的习惯动作（比如总是摆弄右耳），直到形成肉体记忆。

走路

如果之前在体态或走路方面有什么习惯动作，就要一直练习，直到新习惯形成肌肉记忆、旧习惯消失为止。

书写

如果需要签名，就要弄清楚伪装的人物是否受过教育。要注意该人物是经常签名，还是没怎么握过笔。

骗　术

误导敌人相信伪造的报告和景象，是军队必备的能力。二战期间，英军就曾在战场上使用伪装和骗术来隐藏飞机、坦克和军队的部署，为了让敌军误以为近期并不会有军队袭击，相信英军部队已经调拨到其他地区。为了让这种假象显得更可信，敌后特工通常会在敌占区散播谣言，透露假消息，或是故意让敌人截获假情报；同时还会建设假机场和伪造的飞机制造工厂，好让敌人信以为真。

欺骗战术在北非的战场中大获成功，直接促成了一九四二年阿拉曼战役中第二场战争的胜利。这场战役是由达德利·克拉克准将指挥的，他在欺骗战术方面颇有造诣。阿拉曼战役中，克拉克在英军的攻击地点和攻击时间上都对德军进行了误导。克拉克用仿制坦克和枪支骗过了德军，利用遮阳板和雨棚把真正的坦克伪装成了卡车。为了让德军相信这些卡车是真的，一开始通过卡车集结地的几辆卡车确实是真的卡车，由坦克伪装的卡车则跟在其后。所有军事行动都公开进行，不遮不掩，就是为了让德军的侦察部队探听到英军的部署。在攻击开始的前一天晚上，卡车换成了格兰特中型坦克、谢尔曼中型坦克和十字军坦克，上面蒙上遮阳板和雨棚，伪装成卡车的样子。这样一来，德军就以为英军的主力坦克部队还在后面，并没有加强防卫。为了让骗局更加逼真，英军还建设了伪造的燃料仓库，设立假电台，散布消息说英军近期没有军事行动计划。这场骗局大获成功，德军以为英军并不会在近期发动攻击，没有加强防卫。因此，英军很快攻破了德军防线。

诺曼底登陆战中也应用了一个复杂的骗术，代号为"坚忍行动"。"坚忍行动"的整个计划就是让德军相信会有一批美国军队驻扎在英国，准备在加莱登陆。为了保证战术效果，这次计划用到了大量的假坦克、假盔甲和伪造的无线设备。英军方面还有意泄露了多份外交文件，大量特工散布了很多虚假消息和情报。同时，盟军还找了个演员扮演蒙哥马利将军出访直布罗陀海峡，因为德军相信，蒙哥马利将军到访直布罗陀海峡代表盟军近期不会对欧洲大陆有大规模军事行动，这是"坚忍行动"成功的前提。

与基地取得联系

　　在敌后工作中，秘密特工需要从基地接受命令，也得把自己的行动成果回传给基地。这项工作十分危险，一旦被抓住，就得忍受酷刑的折磨甚至会丧命。几乎所有的无线电发报员都曾在伦敦受训。这些无线电设备很小，可以随身携带，也可以放在家里、商店、办公室、银行甚至修道院里。为了躲避警方的搜查，将被抓获的概率降到最低，特工必须采取万无一失的计划。在携带无线电设备的特工进入目标地点之前，其他两名特工会带着疑似装有无线电设备的包裹进入，引起警方的注意。若任何一个特工被搜查，真正带有无线电设备的特工就会转入小巷，以免引起警方的怀疑。这些无线电设备一般都会伪装成其他东西，有的是便携留声机，有的是小型缝纫机，也有的可能是油桶。通常情况下，特工们都不会把无线电设备装在专用手提箱里，也不会跟其他配套设备放在一起，以免德军搜查。携带无线电设备的特工一般不会走大路，走小巷会更安全些。

　　选择传输信息的安全屋也是个十分艰巨的任务。带有铁栏的建筑并不是最佳地点，因为铁栏杆会削弱信号的传输。同理，临近电车线路和上方有电缆的地点也不合适，因为这些都会影响信号的传送和接收。最理想的地点是在高层建筑的顶楼，但这些地方通常都会有德军的监控设备。为了降低特工被发现和被抓捕的概率，安全屋通常会有二十五个到三十个，这样特工就不会在三到四周内在同一个地点发送两次信号。所有安全屋的使用时间都不能超过一周，安全屋的所有者不能从事任何形式的敌后工作。特工还要定期演练如何在紧急情况下把无线电设备藏匿到安全地点，然后安全逃离。

德国的反侦察机构非常擅长探测无线电波发出的地点。他们在大城市的外围建立了很多追踪站，还有很多放置在汽车或卡车里的追踪器。有固定的追踪站会持续探测非法无线信号，一旦探测到非法传输信号的地点，便会指派一些移动探测器去检测疑似区域。只要有足够的时间，探测器就可以利用三角定位技术，将信号发出地的位置锁定在某个街区或街道。为了躲避德方的追踪，无线电传输的消息不能长于二十分钟，尽可能越短越好，也不能在同一地区连续发出两次信号。乡村地区的安全系数可能会高一些，但一旦某个村庄被确定为无线电信号的发出地点，警方就更容易封锁村庄，挨家挨户搜查，要想撤离就不那么容易了。若是锁定了某个村庄，警方就会派人带着小型探测器，步行或骑行搜索信号。这些小型探测器一般会装在小提琴琴盒里，有一根线连着耳机。一旦无线信号被锁定，警方就会包围锁定地点，对锁定区域内的每一户进行搜查。

为了将被逮捕的概率最小化，发报员通常会与安保人员一起行动，一个安保小分队会密切监视附近是否有可疑车辆或人员。每个安保小队的人数都不同，但大部分都是三名至四名队员。一名队员与发报员一起待在室内，站在窗边，密切关注外面队员的动向。外面会有一个队员与屋内队员保持眼神交流，其他队员会在附近巡逻，监视周围环境是否安全。队员之间会用提前商量好的暗号进行交流，这些暗号在路人看来可能并没有什么特殊含义——可能是用手绢擤个鼻涕，把外套的扣子扣上，或是点根烟。特工还会提前商量好一个或两个危险警告信号，其中一个代表已确认有危险，另一个代表疑似有危险。这两个信号都可以被第三个代表危险解除的信号解除。当"疑似有危险"的信号给出时，发报员要立即停止发报，但不采取进一步的行动。除非接下来收到代表"已确认有危险"的信号，才会迅速撤离。若是已确认有危险，在场特工会立刻执行预先定好的撤离方案。

安保小分队中的一个队员负责在发报前侦察场地，挑选既适合发报员发报，也满足安保侦察条件的地点。行动之前，安保小分队会提前定下一个"发报已完成"的暗号，比如说打开窗帘，或拉上窗帘。除此之外，为了确保发报顺利进行、参与人员都不被逮捕，发报员应尽可能更换发报地点，并将发报时间控制在最短。若发报地点在城市里，最佳时长应小于二十分钟；在乡村，最佳时长应小于四十五分钟。如果条件不允许发报，那么特工会用信鸽来传递消息，但信鸽可能会在半路被训练过的鹰隼截下。

特工传递的信息都是加密的，密码可能是单次密本，也可能是诗歌密码（特工随机选择某首诗歌中的几个字，提前把这些字变成数字，那么这些数字就是解读信息的密码）。SOE最终采用了印在丝绸上的单次密本。丝绸与纸不同，纸藏在衣服里时会发出沙沙的响声，而丝绸只要缝在衣服上，一般的搜查都发现不了。

在接连几次发报都没有任何安全问题后，发报员的警惕很容易松懈，这时候发报员的发报时长可能会增加，发报内容也会更详细，安保人员的警惕性也会降低。一旦被逮捕，所有的特工都有自己的伪造身份。警方质询的时候，特工会把早已安排好的身份背景讲给警方听，包括他们的假名、地址等，试图说服敌人他们讲的都是真话，不会损害帝国利益。这些身份通常都属于两类人，要么是已经离境的人，要么是已被证实安全的人，地址也是那些明显不可能被同盟国方利用的地址。到了最后关头，特工还可以用藏在戒指或挂坠里的毒药自尽，守住秘密。

敌　人

英军将爆炸物藏在日常用品中的技术着实高超，而他们的对手德军也不差。德军的情报机构和国家安全机构分为"阿勃维尔"和党卫队安保局①。"阿勃维尔"隶属德国最高指挥部，负责搜集外国情报，进行反间谍工作和敌后渗透工作。党卫队安保局负责纳粹的安保设备相关工作，由海因里希·希姆莱直接领导。"阿勃维尔"和党卫队安保局都有特工，这就导致了两个机构之间的斗争。除此之外，还有"盖世太保"（秘密警察）及纳粹党卫队（希特勒的个人保镖，简称SS）。在德占区，"盖世太保"有权搜查房屋、撤销执照、驱逐当地居民、解散工厂工人，还能逼迫银行披露账户信息。

在二战初期，德国特工渗透到敌军内部，与逃难者混在一起，藏匿于少数群体之中。德国特工的主要破坏手段是散布撤军谣言，夸大能够造成恐慌的假消息，希望能够瓦解敌国百姓的斗志。在侵略波兰、挪威和荷兰期间，德国特工的敌后工作主要是由军方分派的。训练有素的特工一般会伪装成流浪者，探察敌方的铁路及公路情况，并将铁路及公路的修建进展汇报给德国军方。同时，他们还会探察城镇建设情况，探察重要军事基地的位

---

① Sicherheitsdienst，简称SD。

置，一起汇报给德国。这些特工通过文化大使、旅行社以及游客与德国基地保持联系。

与SOE一样，德军的敌后工作也包括渗透和破坏工作，爆炸物广泛藏匿于日常生活用品中——汽车电池、罐头食品、冻鸡蛋和打火机都是很好的藏匿用具。大部分在伦敦活动的德军特工很快都被军情五处逮捕了，之后被英军利用，向纳粹传回假消息。德国特工采用的工具设备也被SOE征收，进行了严密的检测。

关于本书

  本书中的照片和插图是从英国国家档案馆中精心挑选出来的，其主要来源是特别行动小组、秘密情报局及陆军部情报局的一手文件。选取这些并不是为了对SOE当年的设备和行动进行详细报道，而是为了记录二战中英德特工使用过的各类工具和设备，对其工作加以阐释，发掘其中有趣的故事。

MOST SECRET

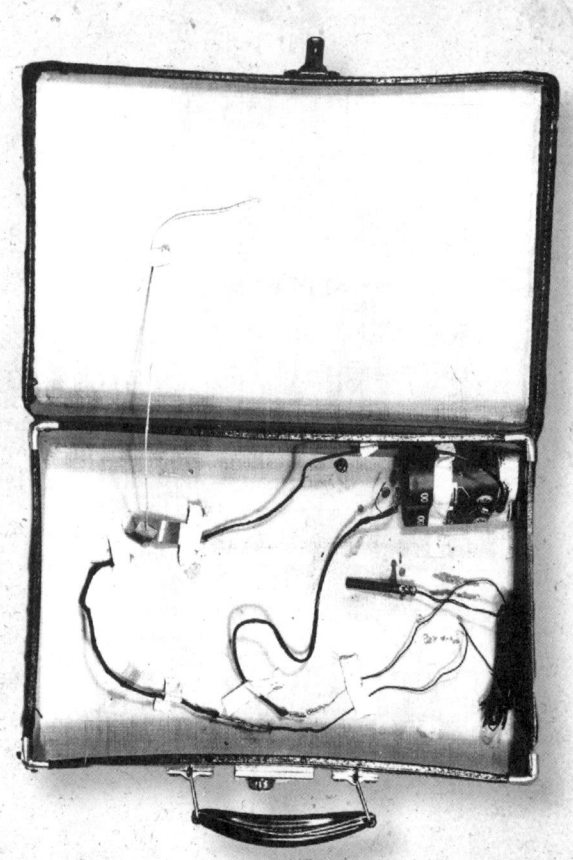

TO BE KEPT UNDER LOCK AND KEY

COMPILED & ISSUED BY
M.O.1. (S.P.)
THE WAR OFFICE.

TOP SECRET

1944.

间谍的工具箱

无论哪里的特工,都有自己原创的一套工具和策略。接下来,本书将为您展示很多特工在工作时会用到的小道具,包括微型轮胎爆破器、假坦克及假飞机等,这些都是为了迷惑误导敌人之用。本书主要章节包括:

秘密特工:如何伪装;

敌后破坏工作:巧妙地隐藏在日常用品中的爆炸物;

诡雷:能够立即造成破坏的工具;

引燃装置:点燃后可缓慢燃烧,引发破坏性后果;

伪装及欺骗技能:讲述特工如何改变外貌、制作以假乱真的设备设施骗过敌军;

联系基地:讲述特工如何与基地保持联络。

秘密特工

TO BE KEPT UNDER
LOCK AND KEY

PERMANENT PRESERVATION
CITED IN OFFICIAL HISTORY

该图为一九四四年"坚忍行动"的资料封面。"坚忍行动"由同盟国主导,是二战中一项大型战略欺骗中的一部分。盟军制订了"卫士计划",意欲误导德军最高指挥部,令其相信盟军会在诺曼底登陆之前,在其他地方登陆。

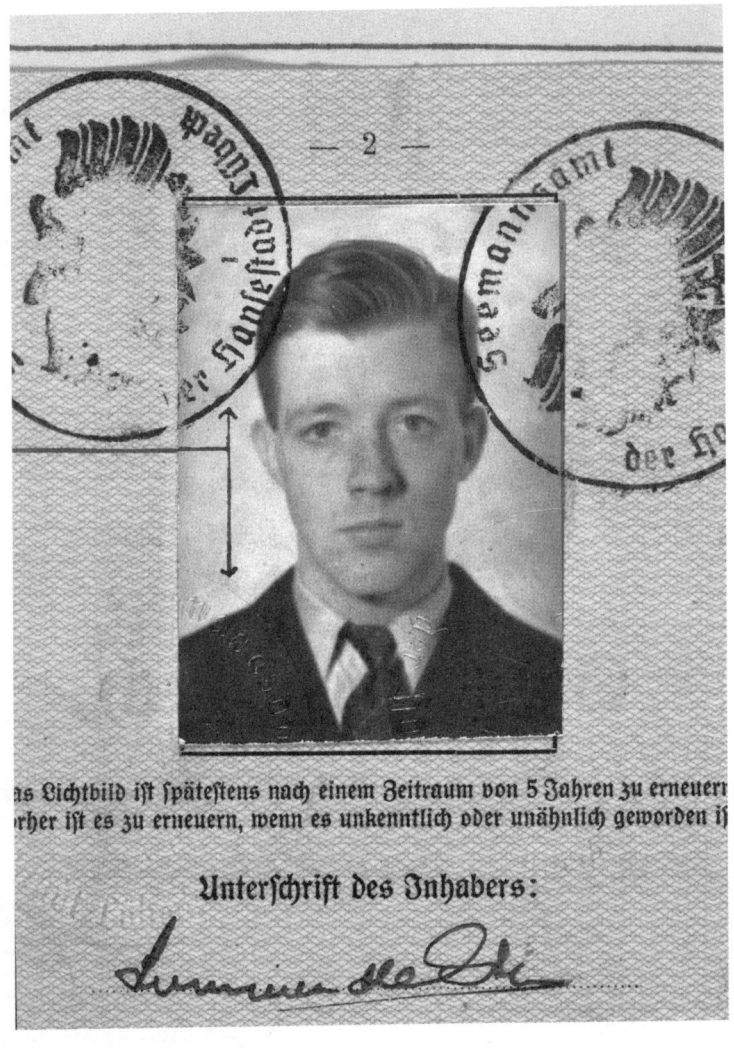

一名SOE特工的伪造身份证件,来自特别行动小组战争日记中一九四四年十月至一九四五年五月有关荷兰的相关资料。

伯纳德·拉丰的伪造身份证件。

34600

der dezer Kaart

Lahont

meter

39

n Burgerlijken Stand.

	Boek Bladz.			
	Datum			
	Nr			
	STRAAT			

tverwisseling, of anderszins stelt zich aan gerechtelijke vervolging bloot.

特工亨利·吉特的伪造身份证件。

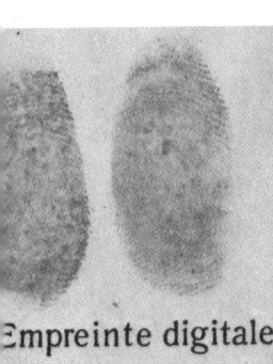

Empreinte digitale :

Signature du titulaire :

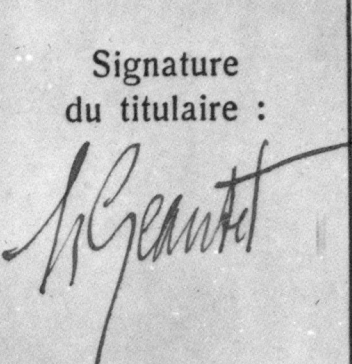

Gentet, le 3 avril 1943

Le Préfet
POUR LE PRÉFET
Le Chef de Division Délégué

莫里斯·巴克马斯特上校，领导特别行动小组法国分部。

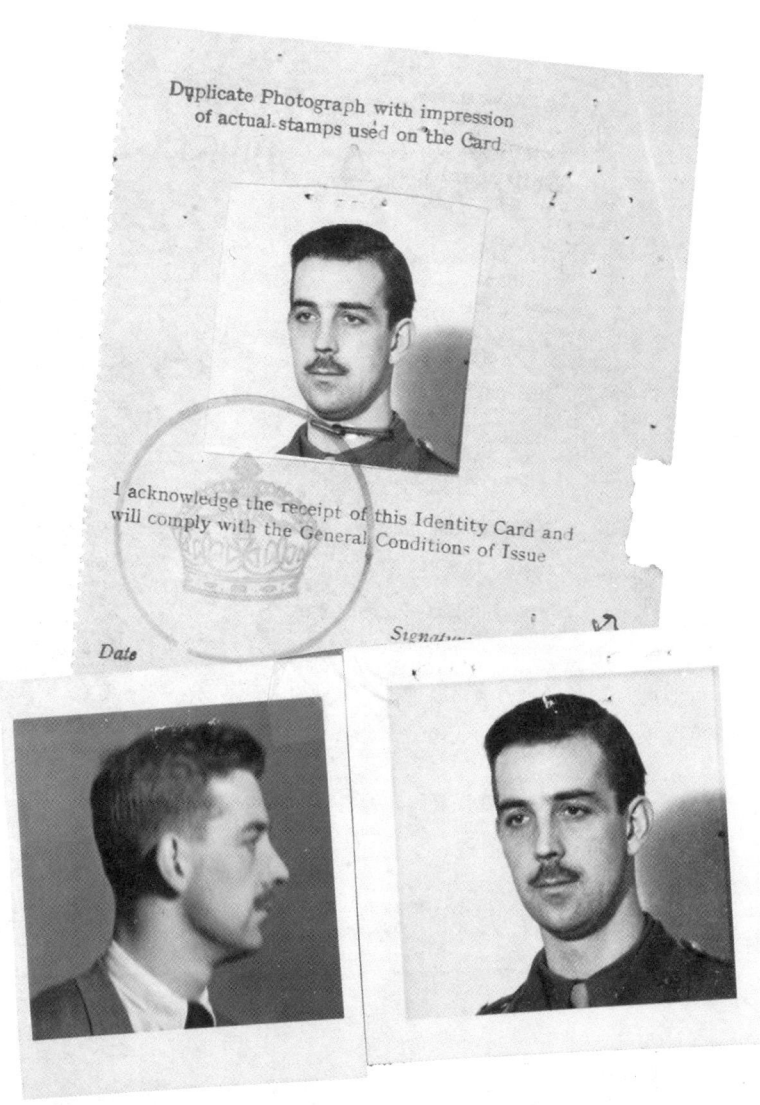

SOE特工，弗朗西斯·卡马艾特斯（1916—2006），曾在法国被占后在敌占区展开敌后活动，对德军的通信系统进行破坏。

国家注册

| BFAB | 318 | 1 |

J. WILLEM ter BRAAK

1. 本身份卡必须妥善保管,可能用于重大国家安全紧急情况。请避免丢失或被窃。若丢失或被窃,请务必由本人到当地国家注册办公室汇报相关情况。

2. 如遇官方人员要求出示本身份卡,务必出示。

3. 请勿将本卡片转交至未授权人员手中,或转交给陌生人。每个成年人都有责任妥善保管自己的身份卡。儿童的身份卡应由父母或监护人暂时保管。

4. 若拾到身份卡,请务必上交至警察局或国家注册办公室。

51-3120   2

国家注册

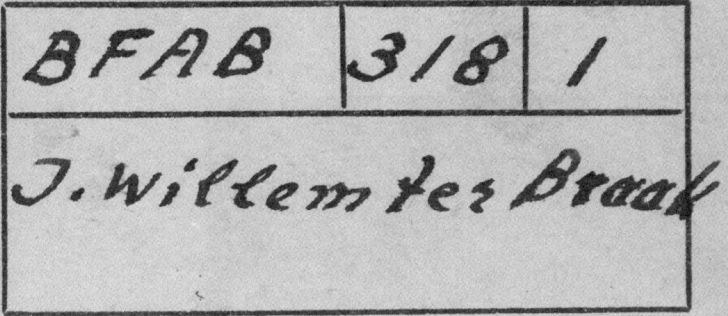

请勿擅自在该区域涂写

完整地址：

Cambridge

Oxford Street

签名

日期

第38—39页图：安吉尔柏图斯·福根的伪造身份卡，化名简·威廉姆·特·巴克，荷兰籍"阿勃维尔"特工。该特工于一九四〇至一九四一年间乘降落伞降落在英国白金汉郡哈弗沙姆附近，随后在伦敦活动了五个月。他声称自己是在敦刻尔克大撤退时回到英国的。

安吉尔柏图斯·福根，即简·威廉姆·特·巴克，于一九四一年在剑桥附近的一个空袭避难所饮弹自尽。当时，他应该正在等待"阿勃维尔"的补给，但补给始终未能到位，此时他已身无分文。

十六位于一九三九年一月至一九四一年十二月被逮捕的德国特工。

108

109

110

111

114

112

113

115

第42页图：德国"阿勃维尔"特工的照片，摄于一九四五年。
本页图：据称为吉井通纪上校，曾为日本外交官。吉井当时在德军情报部门任海军助理。该照片于一九四一年由特勤人员秘密拍摄于维多利亚火车站。

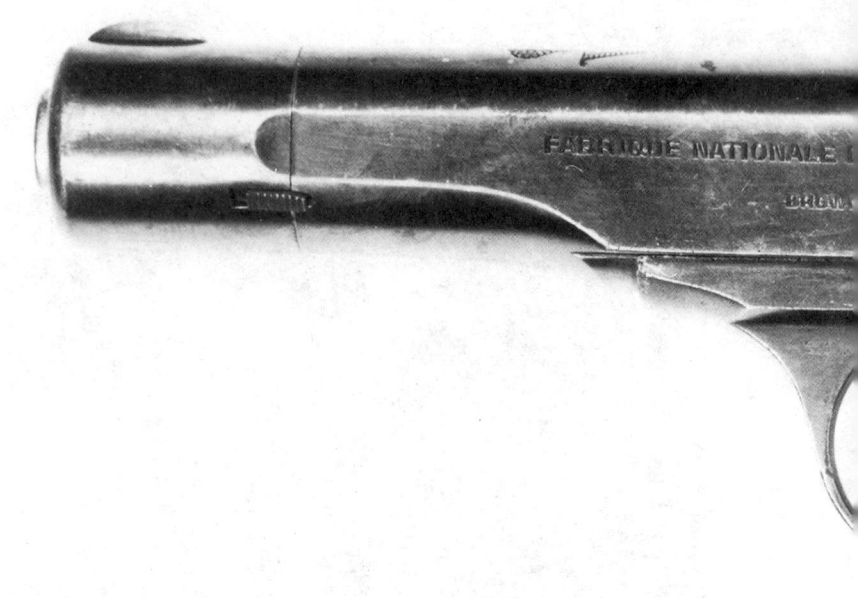

德军情报部门特工卡尔·芮驰特（1912—1941）的左轮手枪。该特工于一九四一年五月乘降落伞降落在英国，后被捕，判间谍罪，施以绞刑。

敌后破坏工作：引爆装置

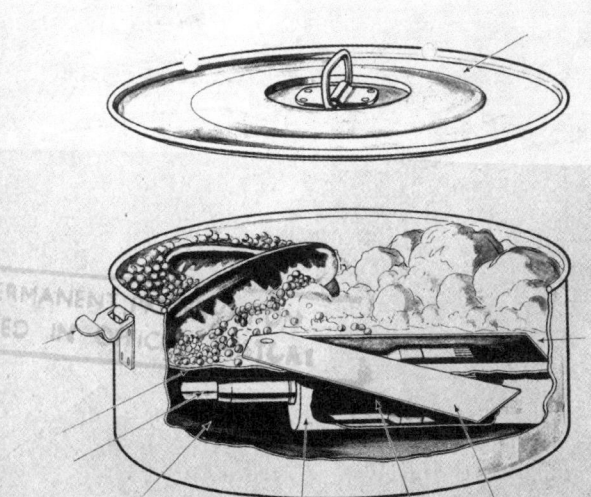

伪装成巧克力的敌后破坏工具（1942—1943），德国造。

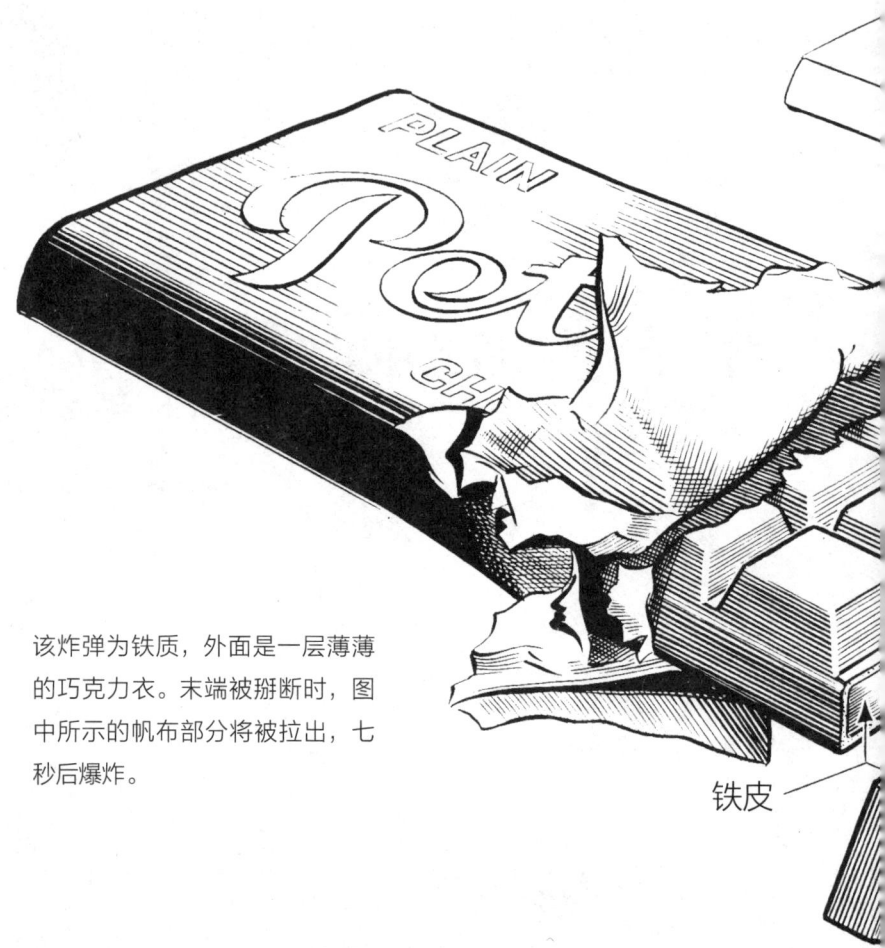

该炸弹为铁质，外面是一层薄薄的巧克力衣。末端被掰断时，图中所示的帆布部分将被拉出，七秒后爆炸。

铁皮

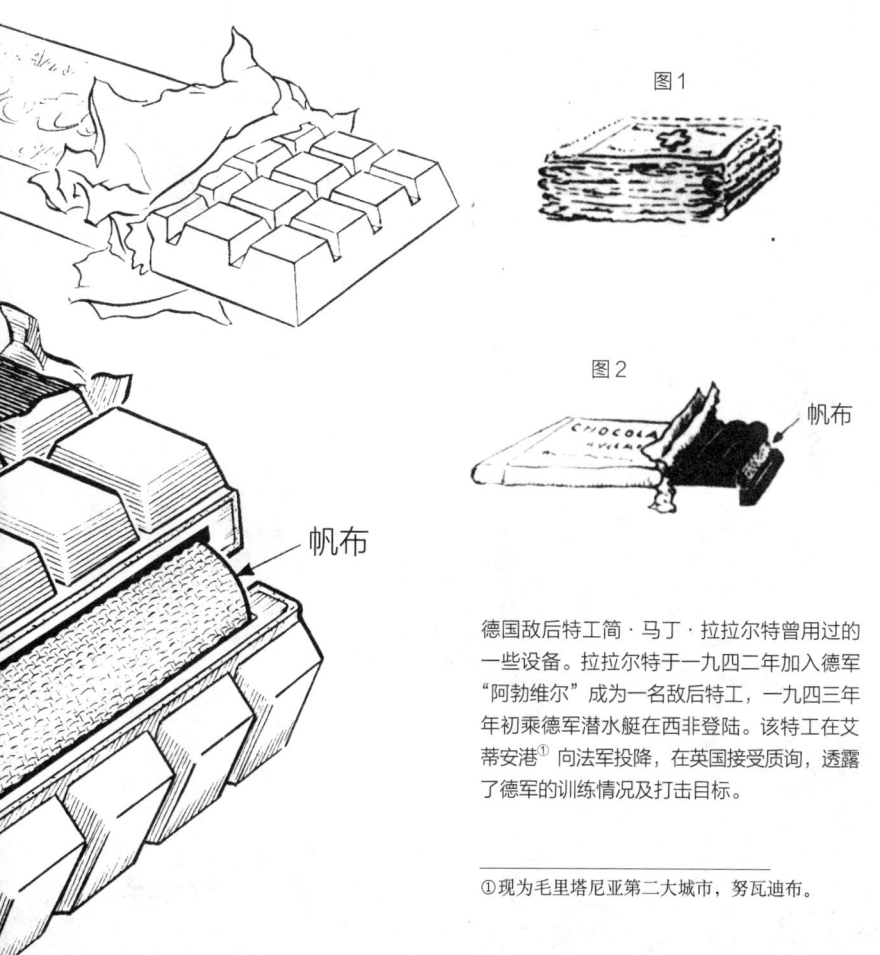

图1

图2

帆布

帆布

德国敌后特工简·马丁·拉拉尔特曾用过的一些设备。拉拉尔特于一九四二年加入德军"阿勃维尔"成为一名敌后特工,一九四三年年初乘德军潜水艇在西非登陆。该特工在艾蒂安港[①]向法军投降,在英国接受质询,透露了德军的训练情况及打击目标。

---

①现为毛里塔尼亚第二大城市,努瓦迪布。

伪装成日常生活用品的各类爆炸物，包括罐装食物、牙膏、手电筒及雕塑黏土等。

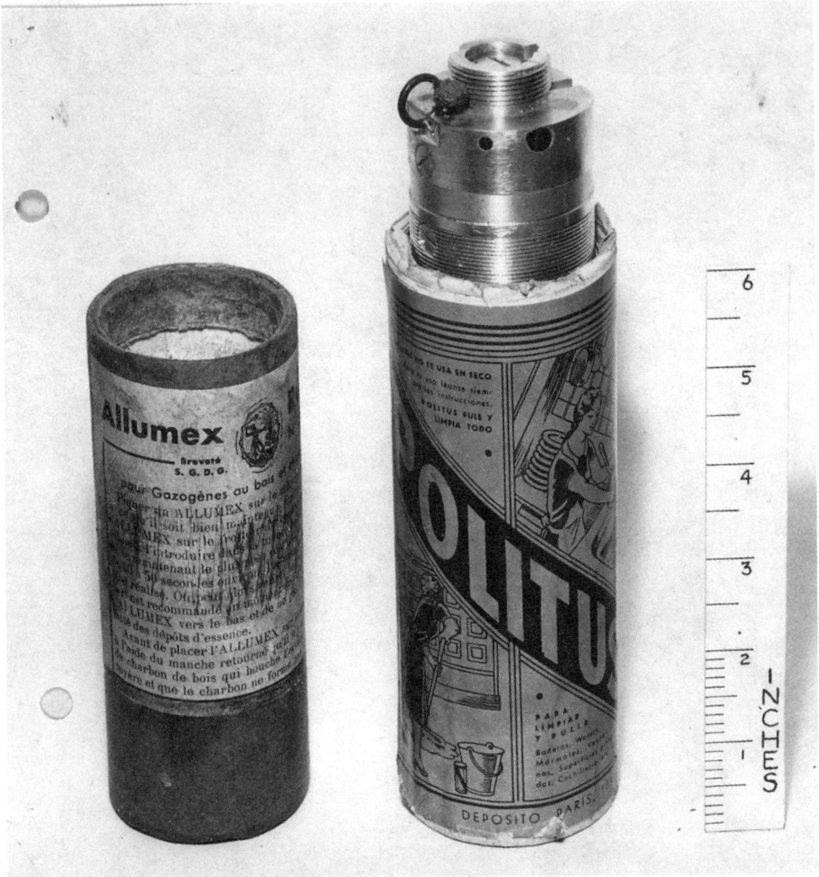
Allumex
Brevetė
S. G. D. G.
pour Gazogènes au bois
des dépôts d'essence.
Avant de placer l'ALLUMEX
à l'aide du manche retourné
de charbon de bois qui bouche
LIMPIA TODO
DEPOSITO PARIS
6
5
4
3
2
1
INCHES

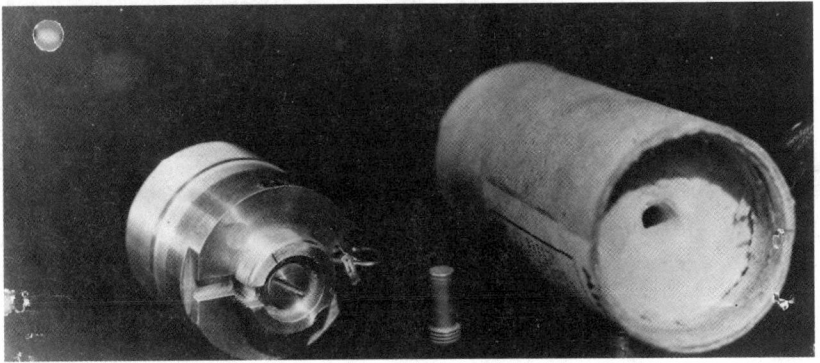

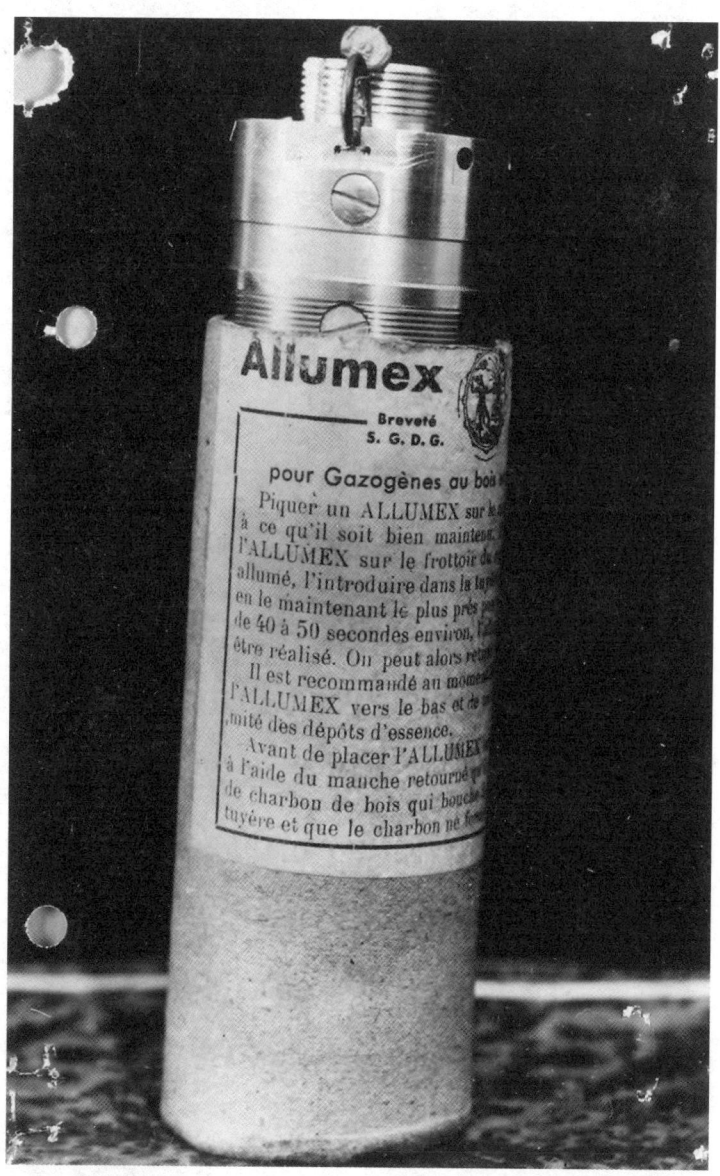

伪装成易燃液体及清洁用品的烈性炸弹,罐装,德国造,一九四三年。

伪装成吉布斯马车牌香皂的塑胶炸弹,德国造,一九四五年。

内装雷管的肥皂,德国造,一九四一年。

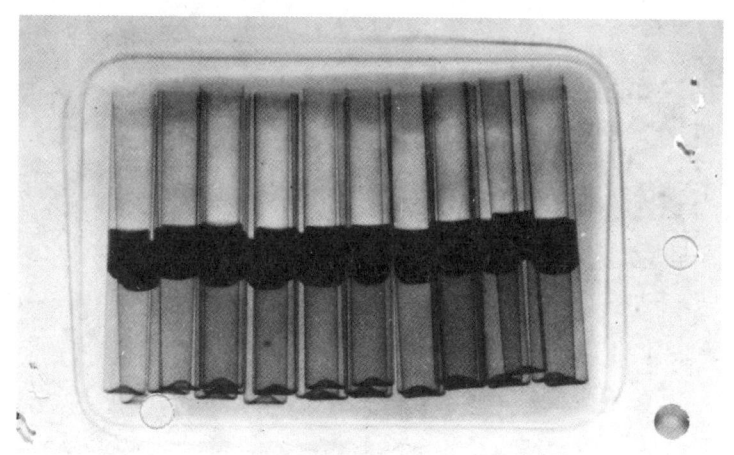

X光图，装在塑料盒子里的香皂、肥皂下藏有一排雷管。

X光图，一瓶滑石粉中藏有发条延时装置，雷管及雷管帽，德国造，一九四一年。

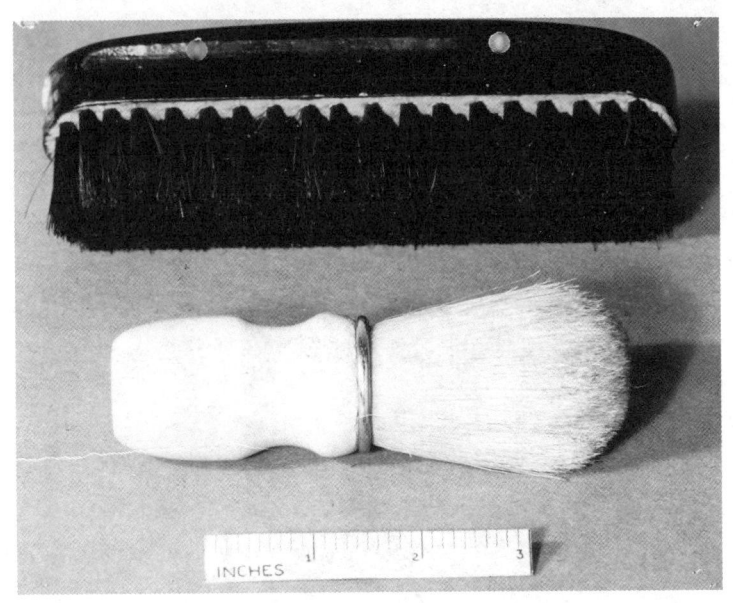

藏有雷管的衣物刷及修面刷,德国造,一九四一年。

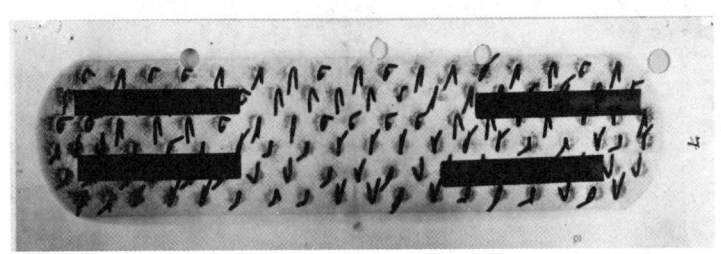

X光图,衣物刷的木柄中藏有四个雷管,一九四一年。

修面刷,已拆开,手柄中含有雷管,德国造,一九四一年。

X 光图,修面刷手柄中的雷管,一九四一年。

伪装成一袋冻鸡蛋的发条延时燃烧弹,德国造,一九四一年。

工人的饭盒，饭盒底部有夹层，内藏燃烧弹。这样的饭盒夹层内一般会藏有烈性塑胶炸弹、雷管、点火器、引信、铅笔式雷管及小型"纯"炸药等。饭盒上层盖有真正的食物，掩盖底部夹层内的东西，更易躲过检测。有材料显示该地区的德军敌后破坏组织建议特工将塑胶炸弹伪装成香肠，并用棕色的纸胶带包装起来，与真正的食物一起放在饭盒内，带入直布罗陀海峡。

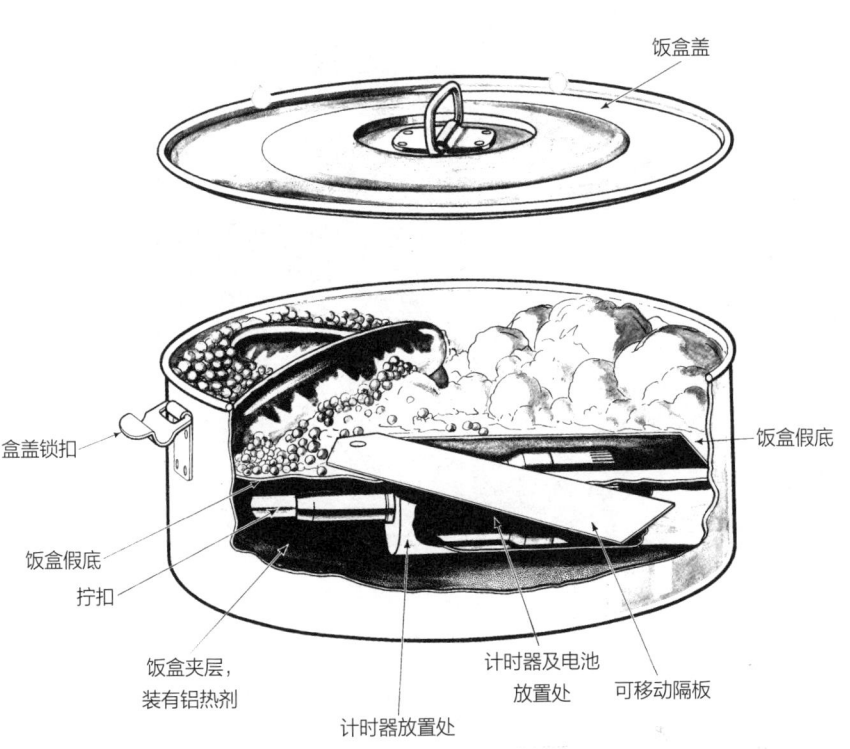

第60页图：装有燃烧弹的工人饭盒，德军特工装备，一九四一年。
本页图：饭盒内部装置图，详细解释了德军延时炸弹是如何藏在饭盒里的，德国特工装备，一九四一年。

基安蒂红葡萄酒瓶炸弹

该基安蒂红葡萄酒瓶由厚塑料制成,如图所示分为两个部分。底部呈碗状,顶部是瓶身和瓶口。临近瓶口的细长颈底部有一块隔板,里面装了一块塑料板,这样瓶颈部可以装满酒,掩护装在底部的炸药。酒瓶的每个部分都装有石油醚,瓶口的特定位置放有一个圆柱形装置,但必须倾斜以保证能满足雷管伸入的最大长度,满足 L 型延时引爆装置的需求。作业时,L 型延时引爆装置会从底部的一个小孔伸入。

灌装完毕后,葡萄酒瓶的两个部分会被接合,连接处用丙酮封好并抛光,内部的塑料会先用涂料涂成绿色,这样上下两部分接合在一起之后,瓶子整体看起来就像是一个绿色的酒瓶。随后,酒瓶会用拉菲草做成的盖子封好,贴上真正的基安蒂红葡萄酒标签。做好之后,整个瓶子看起来与真酒瓶别无二致。

基安蒂红葡萄酒瓶炸弹,SOE 设计制造。

爆炸泵

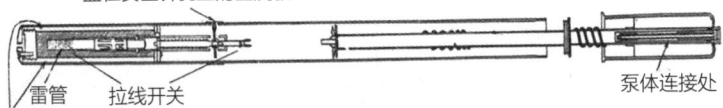

爆炸物柱体面两侧均
磨平以便空气流通

1. 将空气推入轮胎内所需时长短于正常时长
2. 活塞拧入把手开关后，该装置即可用作诡雷

　　该装置由一个黄铜材质的中空管制成，内部装有爆炸物，装有拉线开关，置于自行车气泵内。活塞棒比正常稍短，但两侧的凹槽依然可使空气进入轮胎内。拉线开关顶部焊接了一个螺帽，活塞尾部固定了一个螺丝。

　　作业时，活塞会拧至拉线开关处，安全针也会被拔出。操作时，只需从气泵一侧移除一个黄铜材质的姓名牌，拔出安全针，再把姓名牌放回原处即可。

　　行动时，特工会用这种爆炸泵将敌人的自行车气泵换掉，再将车胎放气。一旦敌人使用气泵就会引发爆炸。

自行车气泵的横截面图，展示了其中雷管的位置，SOE 设计制造。

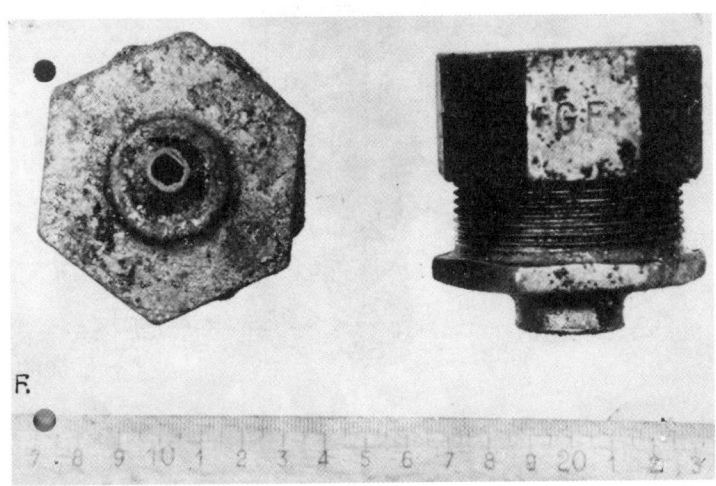

有些德军设备非常小。上图展示了一个填有爆炸物的螺栓头，小孔是为雷管准备的；德军特工装备，一九四四年。

装有三节干电池的手电筒,其中两节含有发条延时装置和雷管,德国特工装备,一九四一年。

装有一节真正电池的手电筒,德国特工装备。

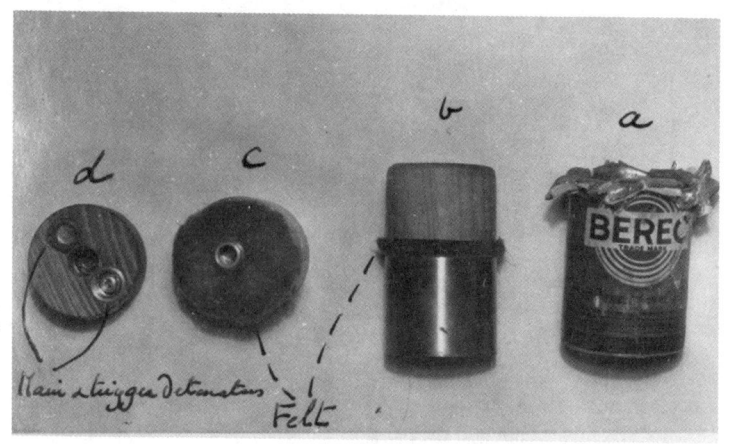

被拆开的手电筒电池,可以清晰看到其中的主要雷管和引爆雷管,一九四一年。

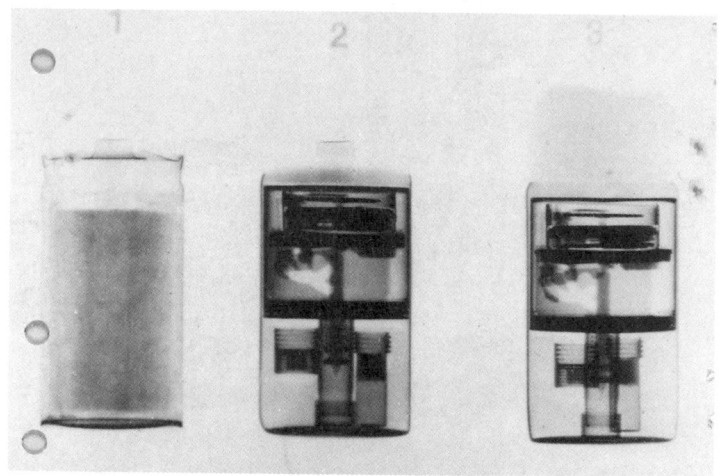

X光图,内含德国 Mark I 发条延时装置的电池。

伪装成汽车电池的烈性炸弹,德国特工装备,一九四三年。

电池内部构造,可以看到 TNT 炸药和雷管,德军特工装备一九四三年。

由尼泊利特制成的皮带。尼泊利特是一种烈性塑胶炸弹，主要原料为炮弹填装炸药，德军特工装备，一九四四年于土耳其截获。

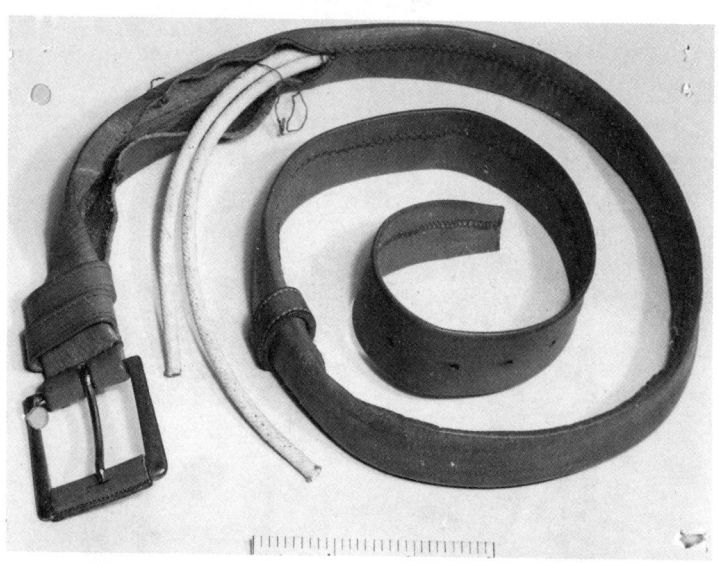

内含比克福德引信的皮带，一九四一年四月。该装置为特工杰夫使用。"杰夫"这一称谓可能指代一位或两位挪威双面间谍，穆特和杰夫分别是海尔格·摩（穆特）及托尔·葛雷德（杰夫）的化名。这两位特工在伦敦从事特工工作，引发了不小的恐慌，但其实他们传回德国的英方军事战略是错误的，成功地对德军进行了误导。

伪装成一罐机油的定时炸弹,送往位于阿达纳的德国领事馆,在贝鲁特附近,为德国特工装备,一九四二年。

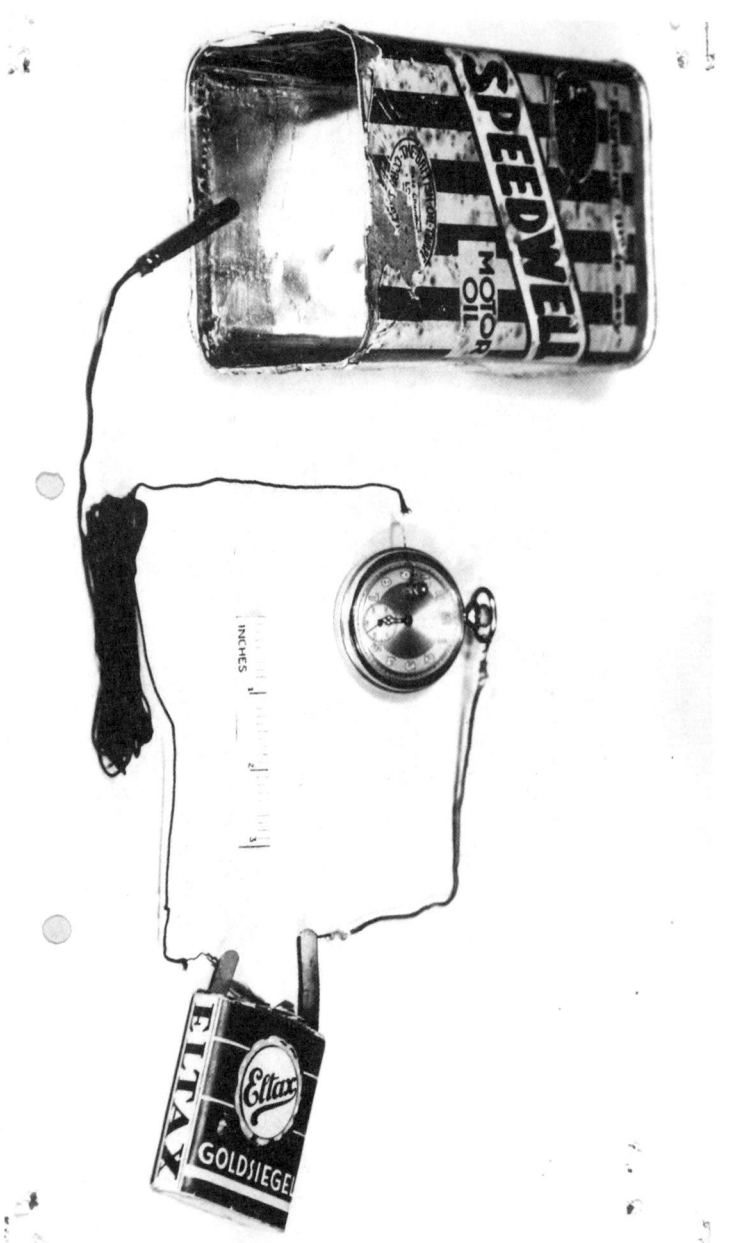

拆开的定时炸弹,能看到里面的计时器和连接在油罐上的电池。

伪装成亚特兰大机油的燃烧弹,德军特工装备,一九四二年。

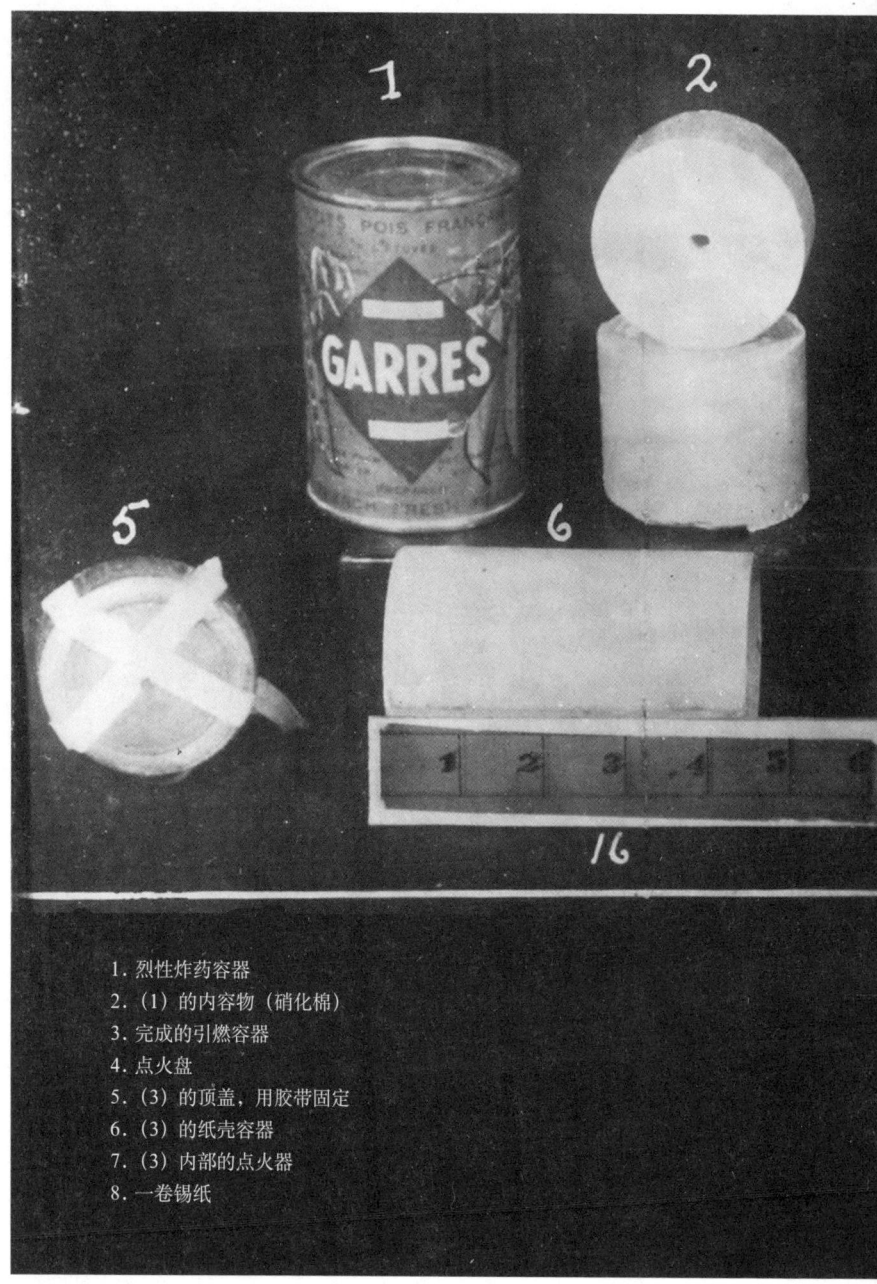

1. 烈性炸药容器
2. (1)的内容物（硝化棉）
3. 完成的引燃容器
4. 点火盘
5. (3)的顶盖，用胶带固定
6. (3)的纸壳容器
7. (3)内部的点火器
8. 一卷锡纸

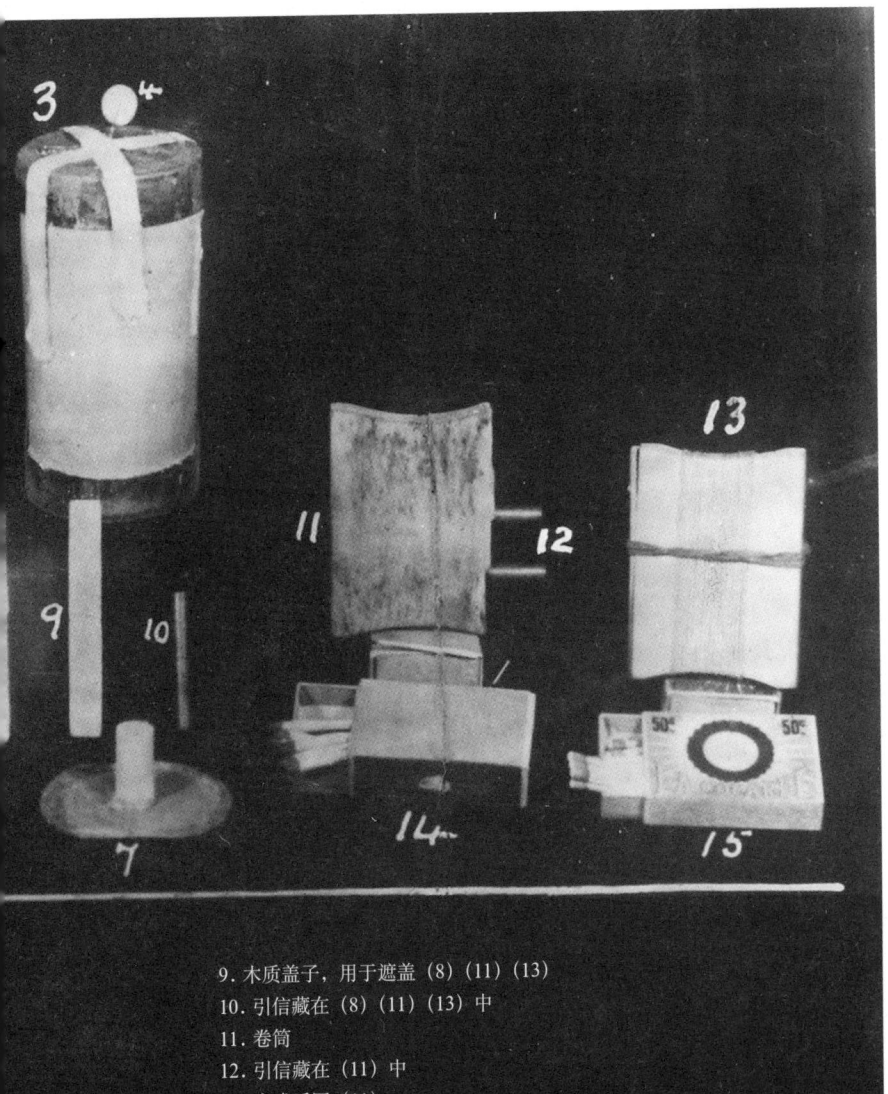

9. 木质盖子，用于遮盖 (8)(11)(13)
10. 引信藏在 (8)(11)(13) 中
11. 卷筒
12. 引信藏在 (11) 中
13. 完成后同 (11)
14、15. 火柴
16. 尺子

第72、73页图：一套特工使用的设备，共十六件，配有说明，德军特工设备，一九四〇年。

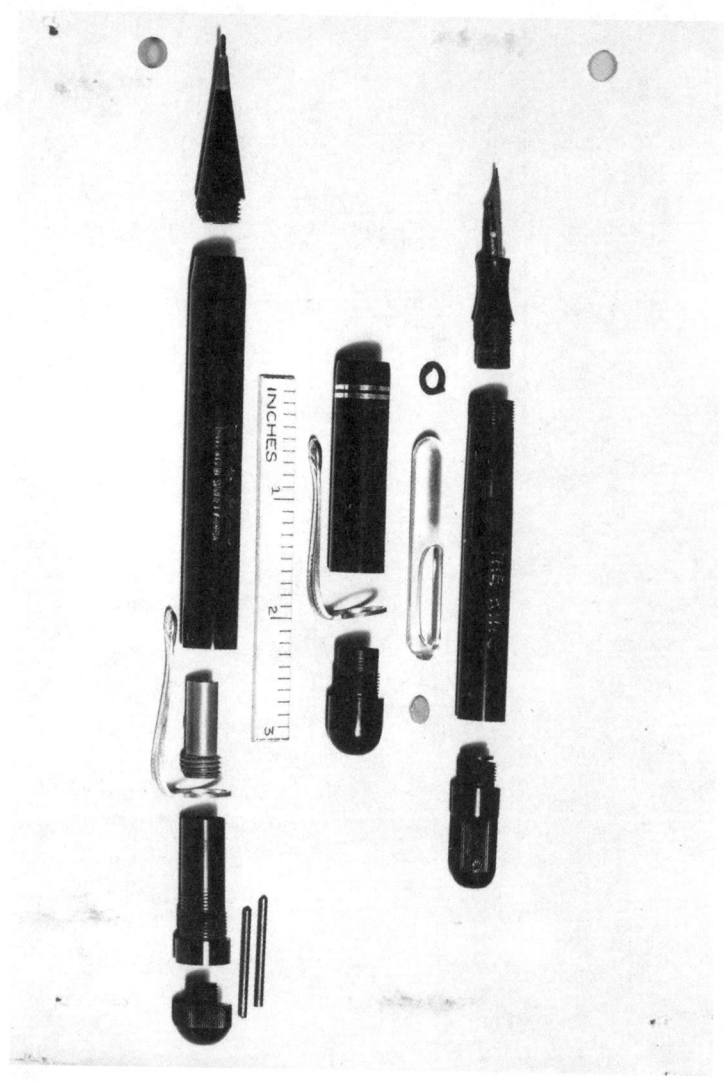

拆开的铅笔和钢笔，可以看到铅笔里的雷管。下面是塑料制成的圆盘，一个钢质圆环，上有齿轮；安瓿内含硫酸，装有活塞。以上这些均装在一支自动钢笔中。德国特工设备，一九四一年。

鞋底和鞋跟被填充了爆炸物的靴子,于土耳其截获,德国特工装备,一九四四年。

套盒,内有一支铅笔和一支钢笔,德国特工装备,一九四一年。

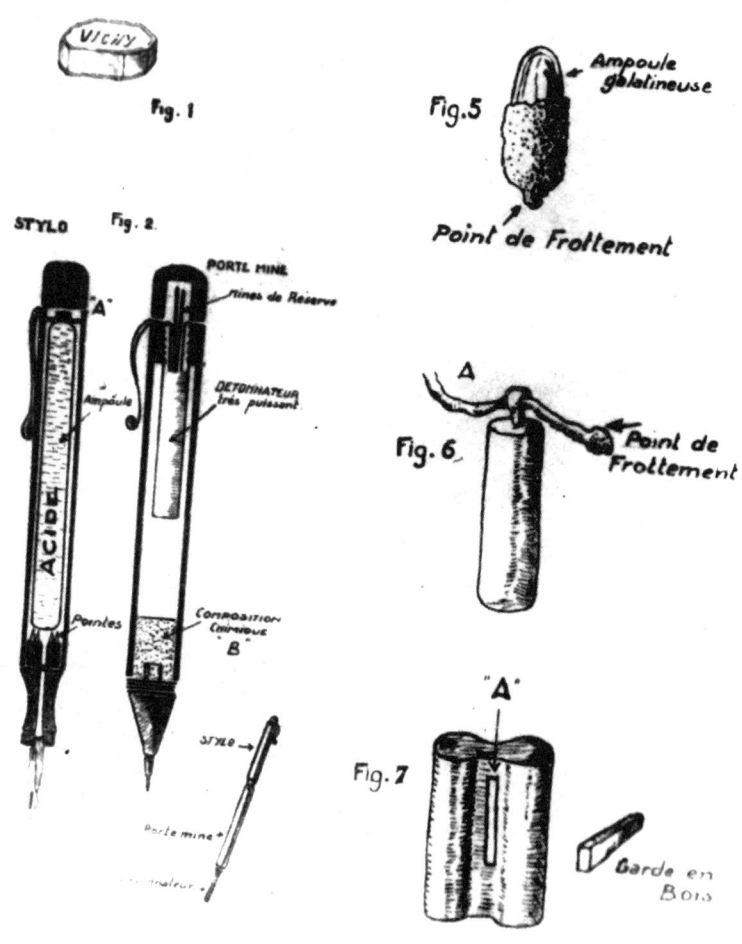

自动钢笔内部结构图。该装置为德国敌后特工简·马丁·拉拉尔特所有。该特工于一九四二年加入德军"阿勃维尔",成为一名敌后特工,一九四三年早期乘德军潜水艇潜入西非,在艾蒂安港向法军当局投降,在英国接受质询,透露了德军的训练情况及打击目标。

老鼠炸弹

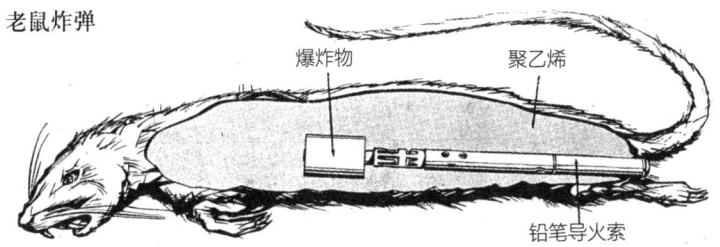

将老鼠剥皮后再缝合，内部填充聚乙烯，将其撑成一只老鼠的模样，内部藏有一枚标准六号炸弹。可由一小截保险丝引爆。保险丝的一端装有二十七号雷管，另一端装有一只铜管点火器，或如上图所示，装有带二十七号雷管的铅笔导火索。作业时，该装置会被放在锅炉旁的煤堆里，一旦随着煤炭被扔进火炉，保险丝就会被火焰点燃。如果用铅笔导火索，则会装备一个延时装置。

可爆炸老鼠，SOE 设计制造。

工程师的油罐

如图所示，该装置的外观为欧洲大陆式油罐。注油口附近装有一个小型液体盒，在油盖揭起后造成油已注满的假象。油罐的其余部分皆为聚乙烯，爆炸物藏在一个设计精巧的金属管内。金属管伪装成油罐导管，连接至喷嘴处。作业时需打开油罐口，导火索沿导管滑落，雷管接触爆炸物后即可进行爆破。随后会换掉喷嘴，整个装置看起来跟正常的油罐没什么两样。特工将其扔在机器设备旁边，不会引起任何注意。延时的时长不能太久，因为油罐的使用频率比较高。

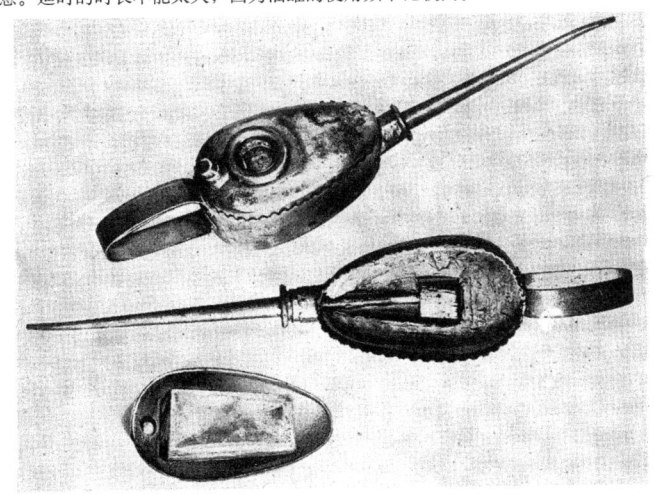

装有雷管的油罐，SOE 设计制造。

砖块，内部镶有德国 Mark II 发条延时 TNT 炸药，一九四一年。

煤块，由特工兹格扎格设计，内部可装烈性炸药，一九四三年。

伪装成一块煤的炸弹,一九四三年。

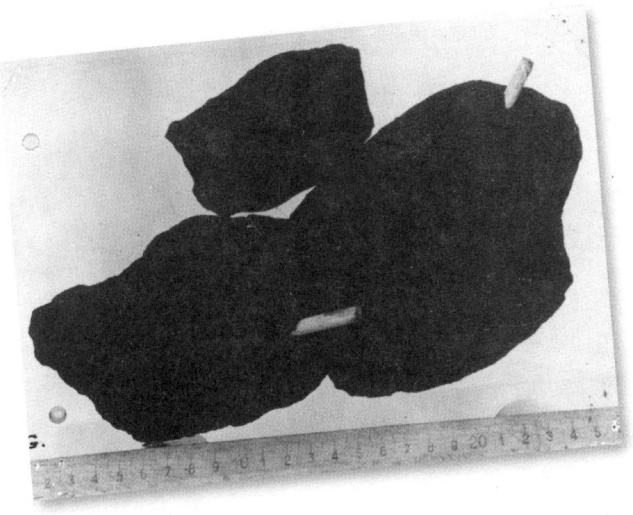

可爆炸的煤块,德军设计制造,一九四四年于土耳其截获。

煤块炸弹

装有塑胶炸弹的煤块，能看到内部雷管，一九四三年。

木棒炸弹

该设备有两种制作方式。要么从一端将木头掏空，要么先将木头劈成两半，然后再掏空。无论哪种，被掏空的木头中间都会塞上炸药。作业时，一小截保险丝和二十七号雷管一起镶在设备一端，铜管点火器镶在另一端。点火器到底火中间有一截木质圆棒，以保证点火器可以顺利接触底火。该设备的应用场景很多，尤为常见的是将其混在锅炉和高炉的燃料中。上图为细节结构。

装有塑胶炸弹的木棒，能看到内部雷管，一九四三年，SOE 设计制造。

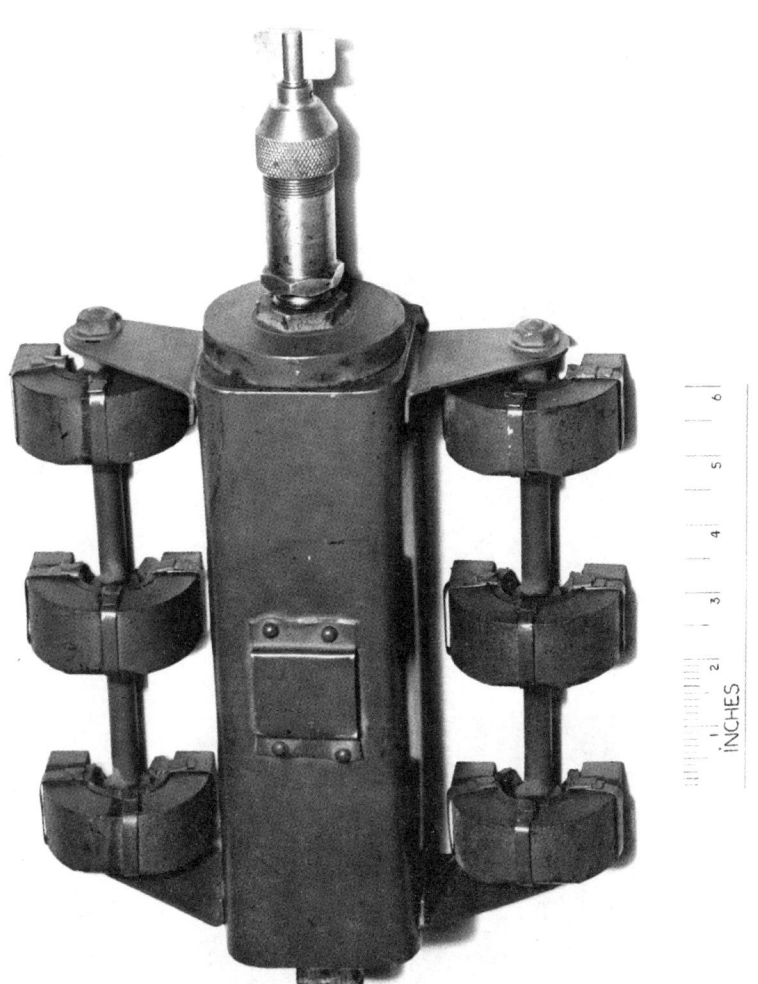

水下爆破弹，用于海军破坏行动。作业时，可用其"腿部"的磁铁吸在目标上，SOE 设计制造。

轮胎引爆物的改装

有三种方法可以改装这些引爆物：
1. 将引爆物完全藏在假石头、泥巴或是动物粪便中；
2. 将引爆物藏在类似石头的小布袋里；
3. 将引爆物粘在目标处，抹去颜色，重新上色。

方法一：

　　这种方式的效果最好。如果将引爆物伪装成石头，只要对当地情况进行了详尽的调查，这块石头一定会完全融入环境，不会引起任何怀疑；如果将引爆物伪装成动物粪便，也不会引起太多注意，因为路上类似的东西实在是太多了。

伪装成骡子粪便的引爆物。

从左至右依次为伪装成打火石、砂石和干泥巴块的引爆物。
轮胎引爆物可伪装成石块、种子或动物粪便，SOE 设计制造。

轮胎引爆物

详情：轮胎引爆物的外壳一般是薄薄的两块镀锡钢，中间是一个特殊压制的开关。只要其上压力超过一百五十磅，两块外壳就会被压塌，引发爆炸。

使用方式：轮胎引爆物会放在车流经过的路上或平实的地面上，若地面较软，下面一般会放置一些硬质物体，否则汽车经过时，引爆物会被压入路面之中，无法引爆。

尺寸：直径五厘米，厚二厘米
重量：四盎司

运输分类：
名称：爆炸物
爆炸物类别：VI
储存和装载：O.A.S.

包装及其他说明：请按要求包装。已伪装引爆物是指许多种已经在生产流程中的石块。

轮胎引爆物，外层由薄薄的镀锡钢制成，形式多样，可伪装成石块、种子或是动物粪便，SOE 设计制造。

一个学生的随身物品

实际上,本章可看作一个目录,因为接下来将要介绍的内容并不能全面地描绘整个相关领域。

人身上所有的东西,无论是工作需要、个人需要或仅仅是上卫生间需要的纸巾,都可以用于藏匿特工设备。

本章内会涵盖大致的种类,但其变化可能多种多样,无法一一介绍。为了便于读者理解,本章将分为以下小节:

第一小节:普通人随身携带的物品及衣物中可藏匿的特工设备。

个人物品

以下均为可改造的个人物品:

领扣	假领	衣扣	香烟嘴	门钥匙	自来水笔	戒指	打火机	手电筒
削笔刀	烟斗	烟丝盒	铅笔	鞋楦	垫肩	鞋跟和鞋底	眼镜	

接下来,让我们看看这些物品可以如何改造:

领扣:背扣为塑料材质的领扣可以用来藏缩影相片。打开领扣背面的塑料背扣,将缩影相片放在里面,再将塑料背扣用强力胶粘回去。

领带:领带里面可以藏入一段印在丝绸上的密码,用于密码会立即使用并废止的情况。密码由两个小扣子钉在领带后面。外表上这条领带再正常不过了,没有任何吸引眼球的地方。

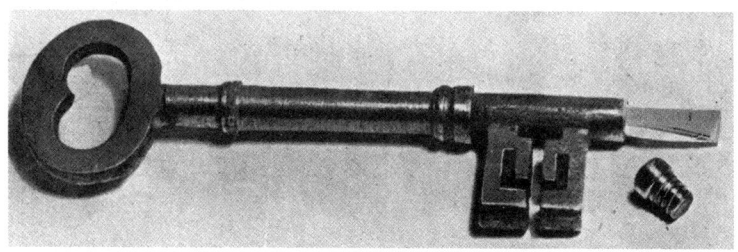

门钥匙:门钥匙也可以用来藏匿缩影相片。如上图所示,钥匙杆中空,四分之三处有个小孔,一个左旋螺纹的螺丝会镶在此处。

某个学生的个人物品。领扣、领带和门钥匙全部被改装过,可以用来藏东西,SOE 设计制造。

自行车充电器的改造

对自行车这个部分的改造包括:

将发电机和齿轮箱安在自行车的钢架上,该钢架为轻型可拆卸钢架;

发电机——20 瓦,6～8 伏,2 安培,由全封闭 8/1 升压齿轮箱驱动,同时自行车的链条(10 齿链轮)也可提供驱动力。

自行车链条上加了双倍的弹簧,其张力可延长自行车链条。同时,固位簧环也会对自行车的惯性前进加以控制。

型号:折叠管 24″×13″　　　发电机:10″×7″×6″　　　重量:13 磅

发电机输出功率

发电机转动时,依照前进速度不同可输出电压 6～8 伏,电流 3～10 安培

电流达 4～5 安培时,自行车踏板即可轻松转动,使骑车人毫不费力地长时间骑车。

改造后的自行车充电器,SOE 设计制造。

可爆炸书籍

实际上,可爆炸书籍是个诡雷,可以放在任何平面上,一般会与其他书籍一起放在桌子上。

书本内部已经掏空,里面会填充一磅或更多的炸药。

作业时,该装置由引信引爆,空气触发,不可拆卸,引信中填装有六型炸药。原书的背壳被移除,取而代之的是一块金属板,这样引信可以与背壳的外侧完全齐平。书本不可打开,因此一旦有人拿起这本书想打开,就会立即引发爆炸。

该装置的外部可以套上任何符合需要的书皮,作业之前,特工会拿掉这层书皮。

可爆炸书本,内部可填充一磅或是更多的塑胶炸弹,SOE 设计制造。

软木塞

该设备利用了软木塞来藏匿物品,商标可以有效掩盖开口的缝隙。

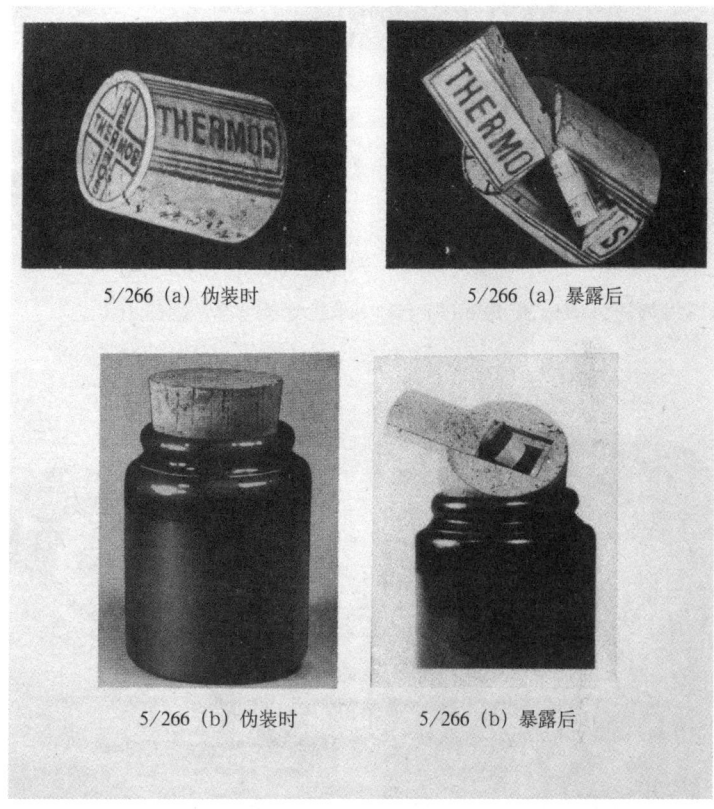

5/266(a)伪装时　　　　　　5/266(a)暴露后

5/266(b)伪装时　　　　　　5/266(b)暴露后

如何将软木塞掏空藏匿物品,SOE 设计制造。

卡普里岛、圣特洛佩兹、鲁昂和斯科普里的欧洲大陆行李牌，SOE 设计制造。

挪威小沙丁鱼的英国锡制标签，仿制品。
意大利商品标签，贴在内藏爆炸物的基安蒂红葡萄酒瓶上，仿制品。

据称，这是由双面间谍兹格扎格（艾迪·查普曼）造成的一起破坏活动。他因在德哈维兰飞机制造厂的破坏活动而为人所知，德哈维兰飞机制造厂位于哈特菲尔德，制造了举世闻名的蚊式轰炸机。该特工造成的破坏足以让德军认为这场敌后破坏行动取得了圆满成功。

一位 SOE 敌后工作者正在法国铁路沿线安放爆炸物。

内藏雷管炸药的各类水果蔬菜，SOE 设计制造。

圆形，质地坚硬的蔬菜。比如甜菜和芜菁，内部掏空，可用来藏炸药

船舶护舷

该设备内部含有十磅炸药,加压至一百五十磅以上就会立即引发爆炸。
该设备伪装成船舶护舷,内含薄壁金属炸药管,可用过轮胎引爆物引爆。

装配方式:
船舶护舷的外圈缝线可能比较松散,可以用手指轻易扒开露出内部的金属管。首先,移除内外两端的盖子,可见内部的八只口袋;然后将黄铜底火帽放入配件箱中的轮胎引爆物之中;在每个底火帽上都涂上火泥化合物密封,再用胶带密封保护。

注意,不要让火泥化合物渗入轮胎引爆物之中。将预先准备好的轮胎引爆物放入每个口袋中,把内外部的袋子小心拿掉,将金属管外的薄金属条穿过托架再绕回,以便将金属管固定在袋内。小心在黄麻袋内填入炸药,将外圈缝线抽紧。缝好外套之后,将封口绳头打结,剪去多余绳头。若有针线可供使用,则应妥善缝制外套。

重要提示:这些设备应可通过"护舷"封口处打好的绳结辨认。

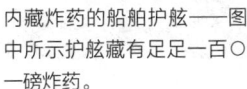

内藏炸药的船舶护舷——图中所示护舷藏有足足一百〇一磅炸药。

展示室。第15b号展示室，SOE的很多设备都是在这里设计、制造、测试的。

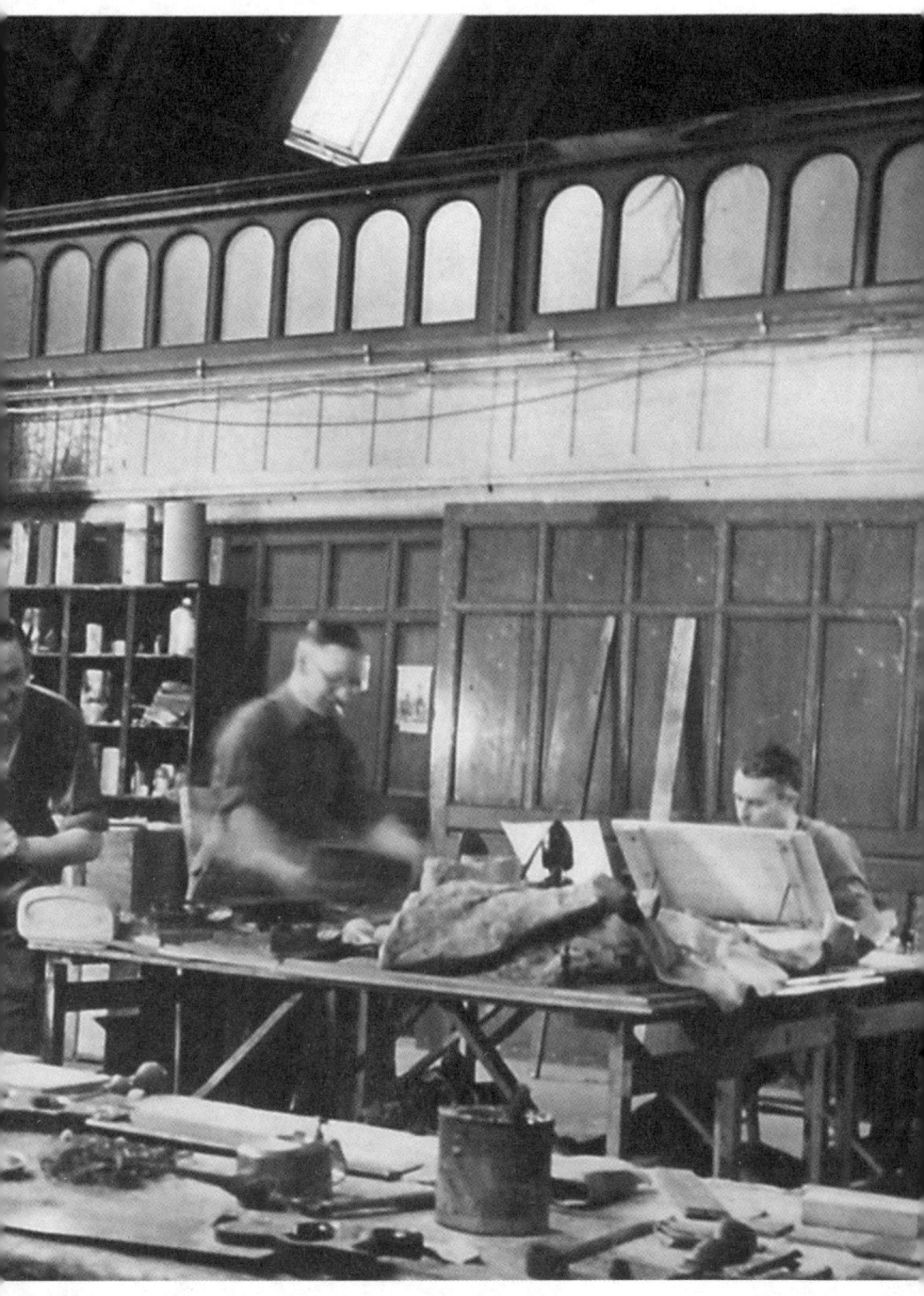

诡 雷

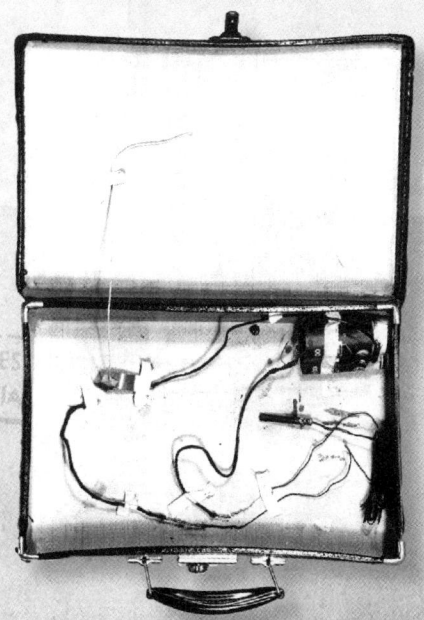

一罐滑石粉，内藏定时延时装置和雷管，德军设备，一九四一年。

伪装成罐装食物的炸药，德军造，一九四二年到一九四三年。由土耳其军队在一九四三年途径叙利亚时截获。

番茄鲑鱼罐头，内藏诡雷，商标上印有英文和俄文，一九四四年。

Marilia Rocyceny 牌的水果沙拉罐头，内藏炸药，德军造。

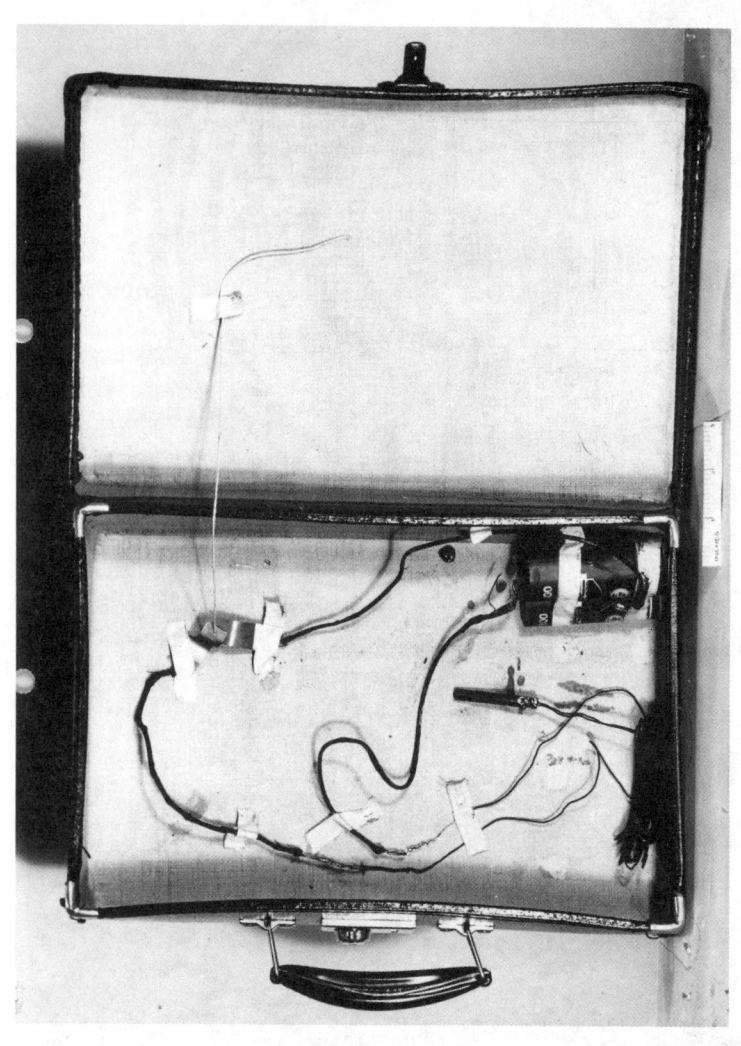

公文包，内藏炸药，开启即会引爆，德军造。

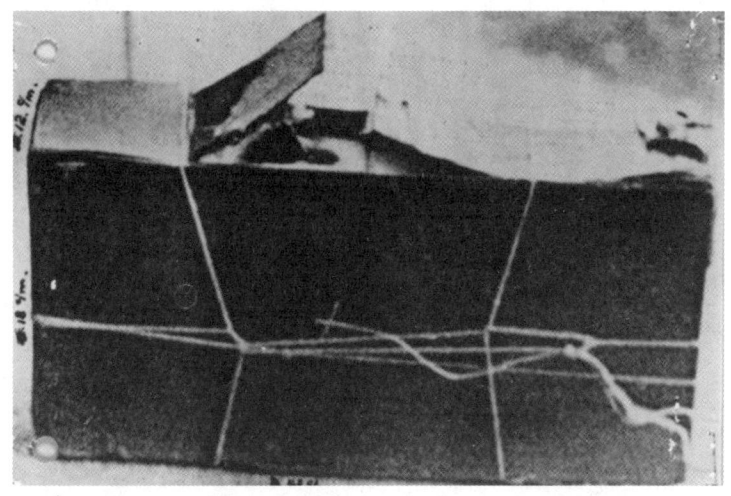

公文包,内藏炸弹。一九四一年三月,德军用其在伊斯坦布尔佩拉宫酒店暗杀时任英国大使。

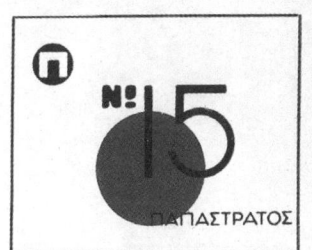

希腊香烟盒商标两枚,香烟盒内藏有可燃香烟,SOE 设计制造。

引燃装置

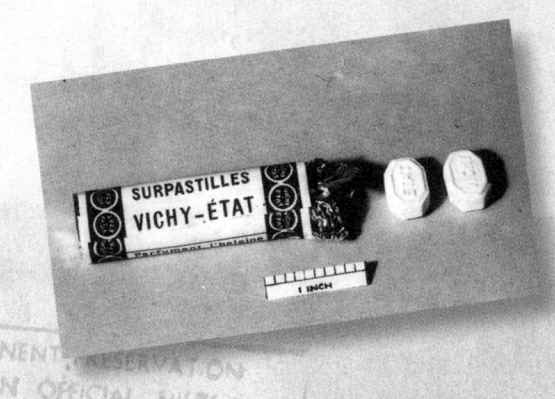

威姆牌容器一套，内藏引燃装置，SOE 设计制造。

107 页图：藏有文件的可燃公文包，打开即可触发引燃装置，公文包内置的硝酸钾可毁掉全部文件。

『面霜』

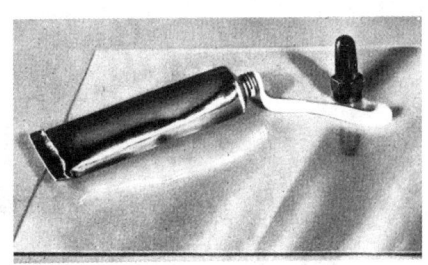

详情: "面霜"是个代号，实际上指的是用于冻裂玻璃的化学物质，该物质被制成化妆品的样子，即面霜。

使用方法: 若想破坏大块玻璃，如挡风玻璃，应在玻璃上大量涂抹，例如将一整管"面霜"涂在十平方厘米之内。若玻璃比较干净，会在五分钟内冻裂，但若玻璃表面较脏，可能会需要更长的时间。该物质可以用手涂抹，只要在使用后，立即用水清洗即可；但若在皮肤上滞留时间过长则会起水泡。若想用其在玻璃上写字，"面霜"的铝质软管非常趁手，只要薄薄一层即可写字。

包装及其他注意事项：
可按照 Pigmentan 防晒霜进行包装，Pigmentan 是战前欧洲大陆常用的防晒霜。若包装成大管的膏状物体，如剃须膏，则应注意上面不同的文字标志。

SOE 的"面霜"指的是一种可以冻裂玻璃的物质，经常伪装为面霜。若玻璃比较干净，该物质可在五分钟内冻裂玻璃，可用于破坏光学设备。

可燃公文箱

详情: 仅就外观而言，这就是个正常的公文箱，但其中秘密藏有铝热剂、电池以及纽扣开关。电线藏在公文箱的内衬里，两份硝酸钾也内置于公文箱内助燃。公文箱的锁扣被改装成纽扣开关，控制内部的燃烧物。

使用方法: 纽扣开关设在"开"处。要想安全地开关公文包，右手边的锁扣必须按下，然后向右扳。若非如此，有人动了左边的锁扣，整个公文箱就会燃烧。

可燃手提箱

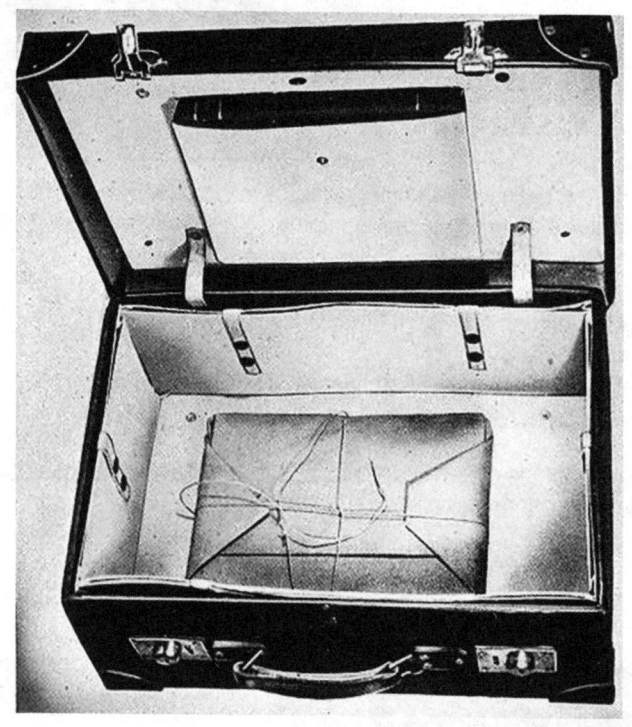

详情：仅就外观而言，这就是个正常的手提箱，内含两枚铝热剂炸药，一枚藏于箱盖内，另一枚藏在箱子底部。电池和电线均藏在手提箱的内衬里，五份硝酸钾也内置于箱内助燃。箱子的锁扣被改装成纽扣开关，控制内部的燃烧物。
使用方法：纽扣开关连接着箱底的铝热剂，设于"开"处。要想安全地开关手提箱，右手边的锁扣必须按下，然后向右扳。若非如此，有人动了左边的锁扣，整个箱子就会燃烧。
运输分类：爆炸物类别：XI；储存和装载：IV. O.A.S.
包装及其他注意事项：每个可燃手提箱均随之配有使用说明。

可燃手提箱工作原理。

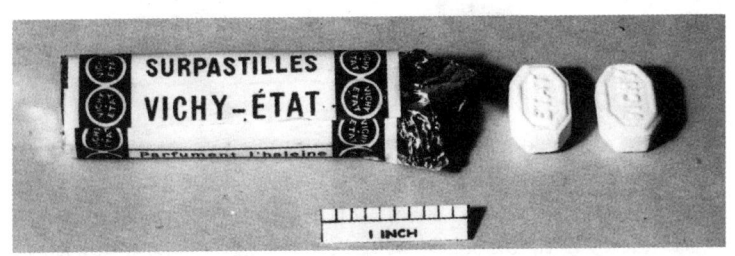

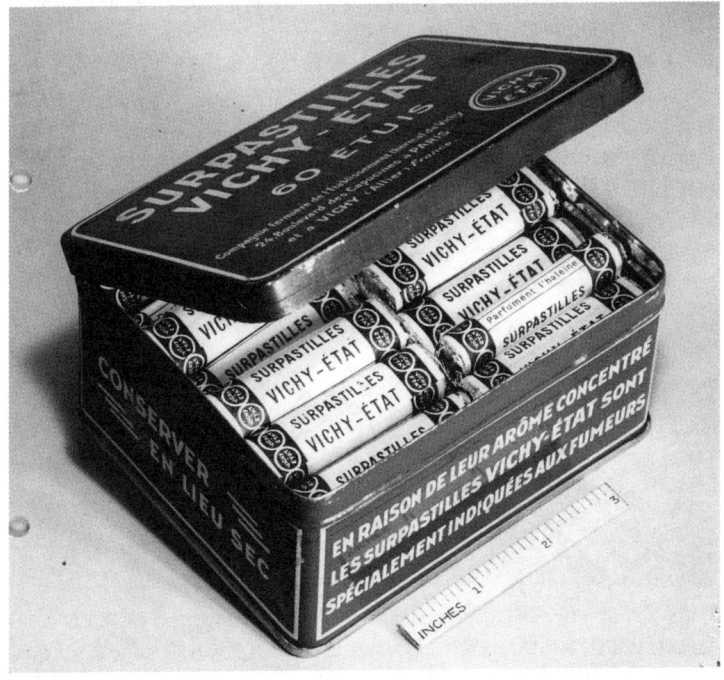

维琪牌糖块,可燃,德国造,一九四三年。

可燃公文包（单锁）

详情：仅就外观而言，这就是个正常的公文包，里面的铝热剂炸药、电池和纽扣开关被伪装成一个包裹。电池和电线均藏在公文包的内衬里，一份硝酸钾藏于公文包内部助燃。公文包的锁扣被改装成开关，另一个开关藏在公文包内的商标下。双锁公文包中，右边的锁扣是开关。

使用方法：纽扣开关拨到"开"处。若想安全开关公文包，商标下的开关必须完全按下，直到外面的锁扣打开才能抬起。若非如此，外部锁扣一旦被打开，整个公文包就会燃烧。

运输分类：爆炸物类别：XI　储存和装载：IV. O.A.S.

包装及其他注意事项：每个可燃公文包均随之配有使用说明。

可燃公文包，一九四四年 SOE 设计制造。隐藏开关打开后会引发爆炸。

可燃香烟

详情：香烟里含有一小片燃烧片，放在某一端附近，用手指轻轻一摸就能发现。
点燃时，燃烧片会燃烧大致五秒。若点燃的是香烟含有燃烧片的一端，会有大约两分钟的延迟，如果点燃的是另一端，延迟会持续三分钟至四分钟。燃烧片的两端各有一根火柴，燃烧的火焰可持续三秒至五秒。

使用方法：为保证燃烧效果，引燃香烟上的燃烧物不得超过一英尺厚，最好放在引燃物表面，可以接触更多氧气。

运输分类：爆炸物类别：XI　储存和装载：IV. O.A.S.

包装及其他注意事项：按需求进行包装即可，并不需要存贮引燃香烟，可以随用随生产。

引燃香烟，一九四四年 SOE 制造。

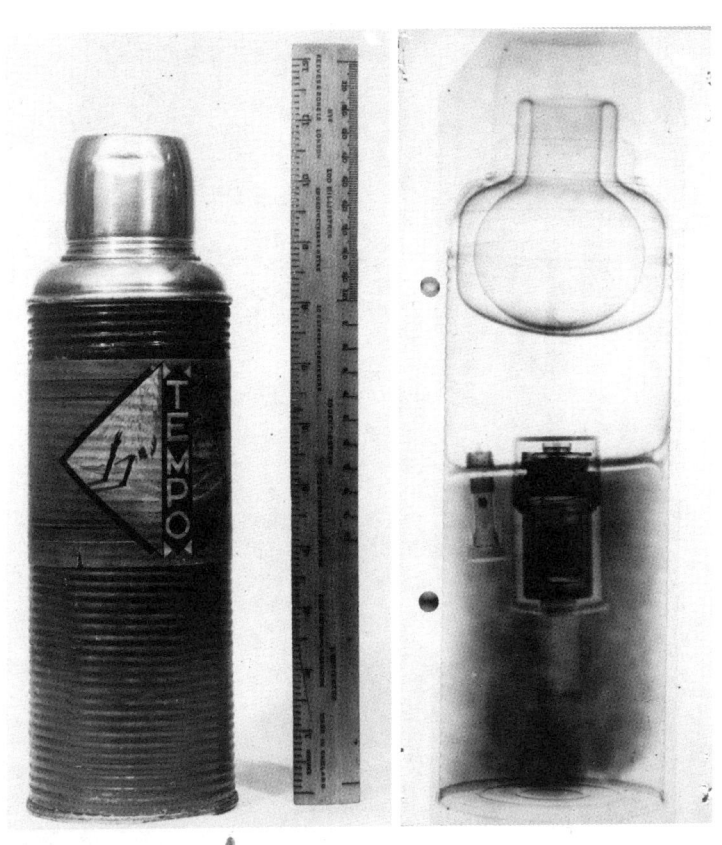

伪装成保温瓶的引燃弹，一九四一年九月德国造，X光图展示了其内部构造。

伪装及欺骗技能

忍者靴

依照传统日本分趾袜设计,脚趾分开。鞋底的花纹和印记可以帮助美军和澳大利亚军队追踪逃入密林的日队。

可以伪造坦克履带痕的机动车。

阿丹姆的蚊式轰炸机仿制品,一九四四年。

上图：用"沃森洞"法掩盖水泥跑道。即在水泥路上挖坑，然后在坑里种上草。

第117页图："稻草伞兵"，用稻草制成人形伪装成伞兵部队，引诱敌方进行部队调动甚至引诱敌方军队进入伏击圈。

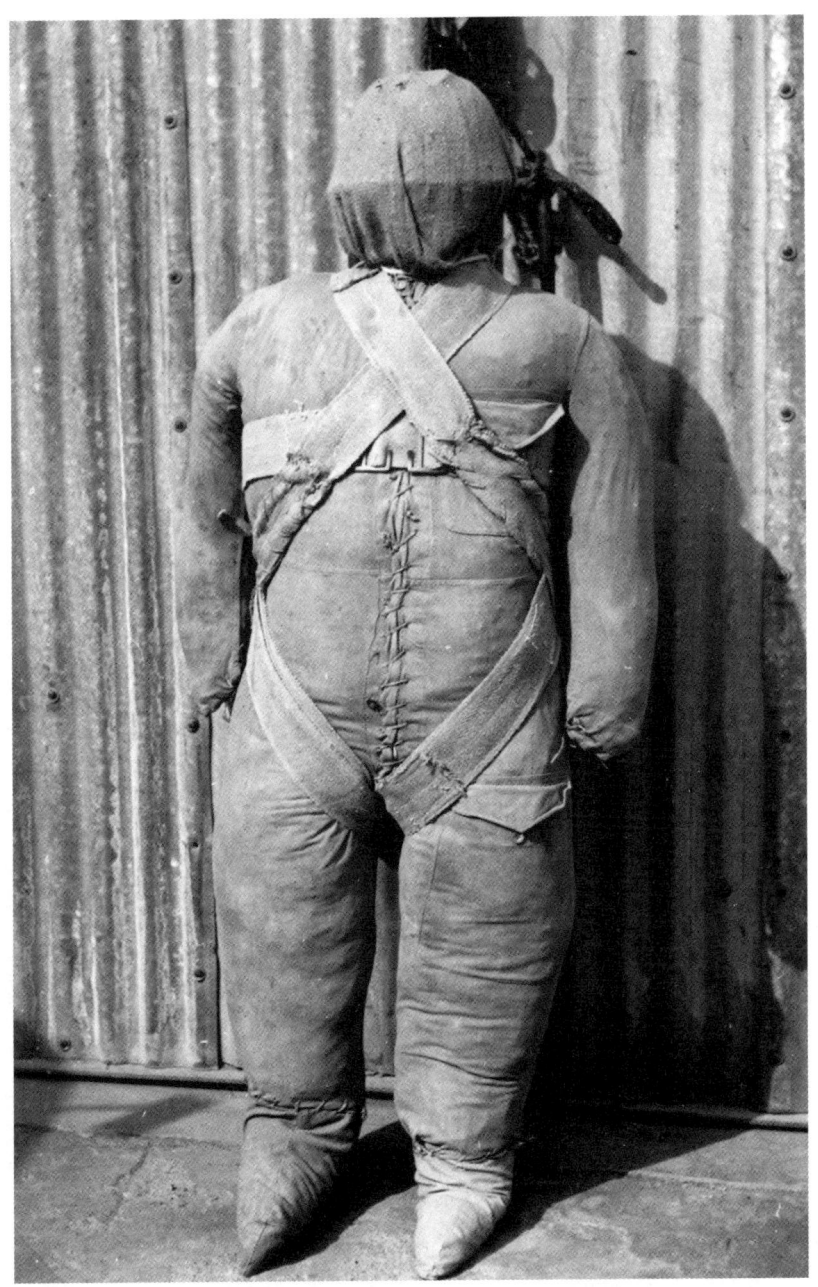

代表美军不同部门的不同标志。设计这些标志是为了在"坚忍行动"中使用。"坚忍行动"是在诺曼底登陆之前盟军进行的一次大型军事欺骗行动。

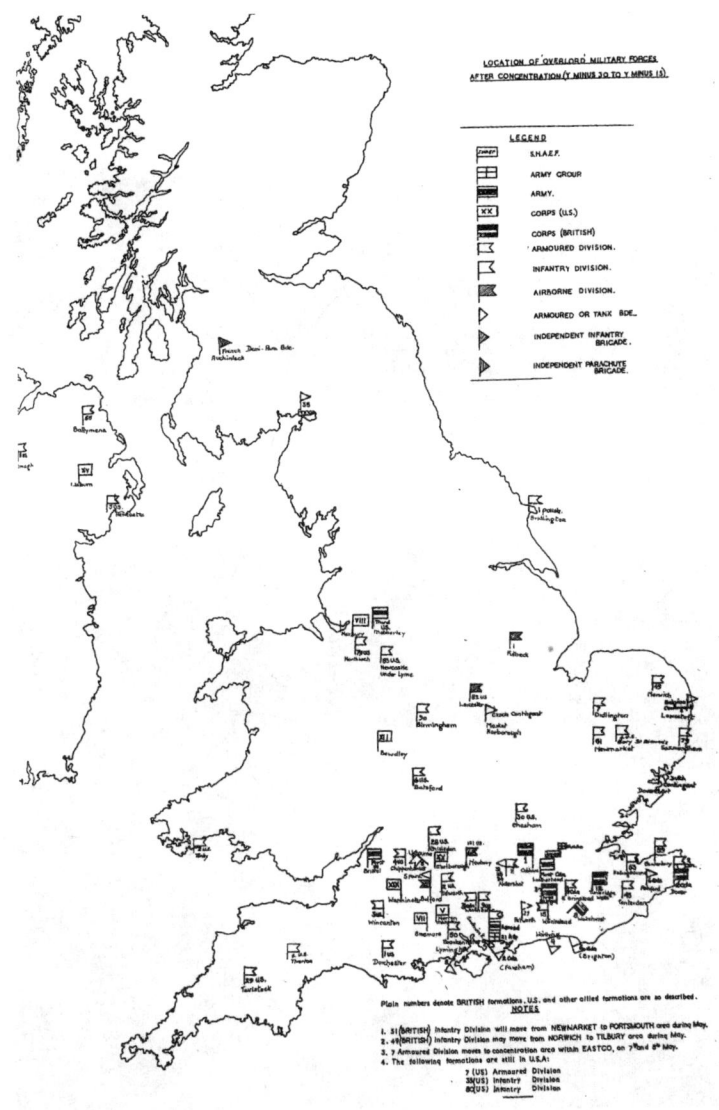

"坚忍行动":又称"坚韧行动""南部行动II号"。"霸王行动"之前,英军及其盟军在英国本土的驻军位置图。

"谢尔曼坦克"仿制品,由吉普车改装。

"铜头蛇行动":克里夫顿·詹姆斯中尉,演员,服役于英军,一九四四年五月二十七日假扮成蒙哥马利将军到达直布罗陀海峡。该行动旨在引开德军的注意力,以便真正的蒙哥马利将军为诺曼底登陆做准备。

沙漠里伪装成士兵的人形物体。

伪造的"狄士攀水库",正在建造。

伪装成卡车的坦克。

格兰特式中型坦克的仿制品,共三百一十二辆,可由未经训练的工人徒手现场制造。该仿制品由棕榈木的床板条绑在一起制成。坦克上的"炮筒"由纸板制成,将汽油罐的罐底裁下,可伪装成弹药筒。

装有坦克仿制品的卡车。

一九四一年,《泰晤士报》通讯记者达德利·克拉克(本页图)在马德里北部被捕,被捕时,他成功地伪装成女人的样子(125页图)。

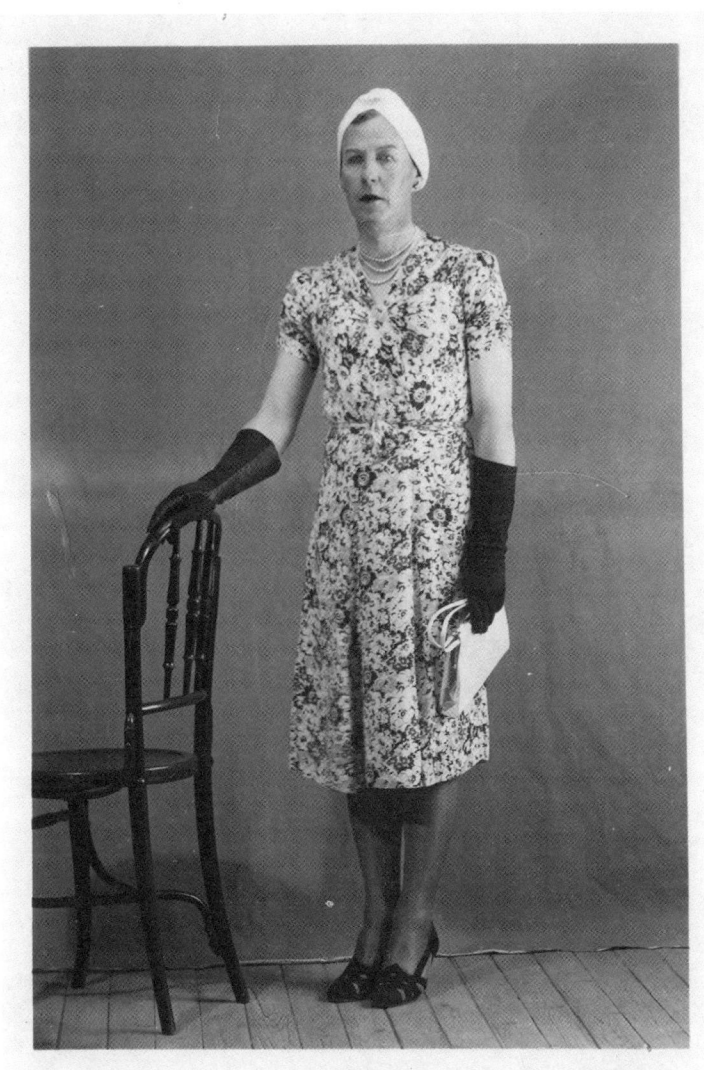

伪装

伪装部门为学员提供个人面部伪装的各种设备。个人面部伪装不能在短时间内完成，有时需要几周的特殊治疗，可能还包括外科手术或牙科手术。

个人伪装可分为三种：

暂时性伪装——特殊情况下的特殊装扮；

半永久伪装——出外勤时可持续一段时间；

永久性伪装——永久改变特工的外貌。

图1　　　　　　　　　　图2

暂时性伪装

暂时性伪装可由学员自己完成，帮助外勤特工在短时间内稍稍改变个人形象，非常有效。图1和图2展示了特工是如何用阴影、假胡子和眼镜改变形象的。

半永久伪装

半永久伪装比较复杂，只能由接受过专业化装训练的人完成。特工可以用发片进行伪装，同时搭配伪装用眼镜。相对于暂时性伪装，半永久伪装可以维持更长时间。

图3至图8展示了胶垫和鼻夹的使用方式，解说了如何在伪装状态下做出表情。这些说明可以在特工无法在当地找到假发店、验光师和牙医，只能依靠伪装部门道具的时候帮助他们进行伪装。若特工能完全按照指导进行伪装，就算不依靠伪装部门，也能做出浑然天成、毫无破绽的伪装来。

表情垫布（图9）

伪装部分要准备很多表情垫布，一般会有十个上面部垫布和十个下面部垫布。这样，无论什么样的下巴都可以处理。垫布的大小只能靠经验来判断，自行伪装的特工可以先在朋友身上试试，判断一下大小和形状，然后再把垫布塞进去，看看是否合适。

图3至图8展示了特工可使用的一些伪装道具，有暂时变装道具和半永久变装道具——包括龈垫、鼻塞等可以改变面容的东西。

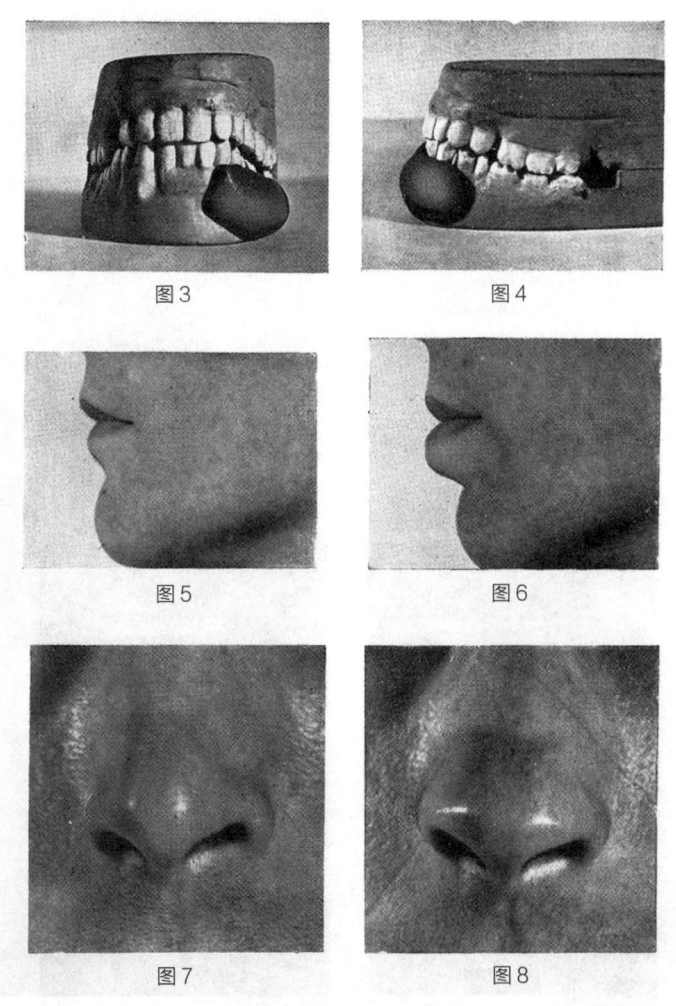

图3　　　　　　　　　图4

图5　　　　　　　　　图6

图7　　　　　　　　　图8

皮肤染色剂

永久改变皮肤颜色是不可能的，但有几种办法可以将皮肤的伪装颜色保持三天至四天，有三种颜色的粉底可供使用，分别是棕色、黑色和绿色。这些粉底中含有邻苯二甲酸二甲酯，可以驱赶蚊子等飞虫，以免蹭掉颜色。

麦帕霜：十几剂可以让皮肤显现出微微的黄色，继续注射则会将皮肤变成深棕色。
胡萝卜素：从胡萝卜中提取的色素，服用后可影响肤色。
一克硝酸银与一百毫升水、一百毫升含水酒精混合，用玻璃喷嘴喷在皮肤上，经强光照射，会在皮肤上产生深棕色印记，在远东地区气候中也可保持三天左右。
两茶匙高锰酸钾加入半品脱水，涂在皮肤上可以染成棕色，持续两天左右。

核桃棕染料配方如下：
绿色核桃壳：17 打兰
酒精：8 打兰
明矾：1.25 打兰
水：8 盎司
（注：1 打兰 =27.34375 格令 =1.7718 克，16 打兰 =1 盎司。）

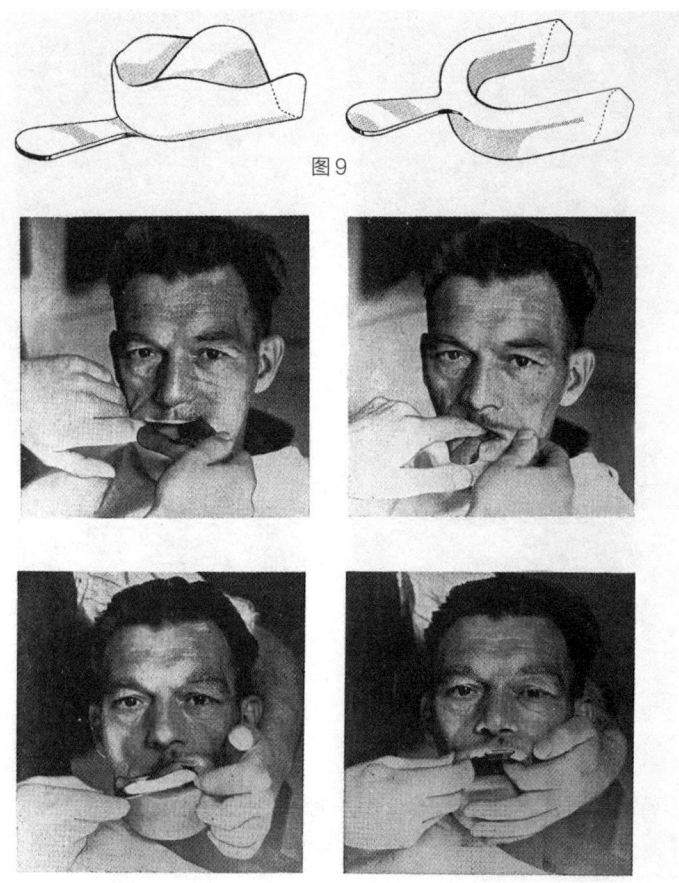

图 9

水陆两用呼吸设备

详情：该设备装有可支撑一个半小时氧气的氧气罐，也装有自动减速器，可以保证每分钟一点五升到两升的放气量。呼吸袋上连接了滤毒罐及二氧化碳吸收剂，可以净化呼出的空气，还连接了旁通阀，可以处理气流不足的情况。

使用方法：主阀打开，旁通阀压动几次后，呼吸袋可以集满三分之二。插入口管、清空水肺、打开阀门，正常呼吸。若感觉呼吸困难可以使用旁通阀，快速按压几次即可。排气阀若处于水下，则必须将其打开。

重量：水上 28 磅，水下 7 磅

运输分类：水陆两用呼吸设备

包装及其他注意事项：应存储在干燥处。若情况允许，将氧气罐充满，滤毒罐排空，使用时再充满。必须定期检查所有阀门，为阀门上润滑油。

水陆两用呼吸设备模型，氧气罐可提供一个半小时的氧气，SOE 设计制造。

联系基地

无线设备的伪装

外勤工作时,无线设备的大小及形状都给其伪装带来了不小的麻烦,更别说大部分无线设备都得装配好才能传输信号。然而,下表展示了大部分可以有效藏匿无线设备的物品:

颜料盒	花岗岩石块	柴火垛	体重秤	汽车电池	混凝土柱
水泥袋	浮木	电器测试表	便携式留声机	锅炉	计算器
颜料桶	油桶	岩石	橡胶	锡块	混凝纸浆
吸尘器	震动按摩器	工具箱	橡胶扶手椅	家用无线电设备(欧洲大陆用)	

每个物品都被"改装"过,要么是用纸浆做的,要么用石膏做的,如果是体重秤或内含机械装置的物品,会用无线设备直接代替物品内的机械装置,外表依然保留原来的样子。

下面是一些典型的伪装品:
一捆柴火

伪装成柴火的无线设备。

海报，提示老百姓不要猎杀鸽子，因为鸽子可能是带有重要信息的信鸽。

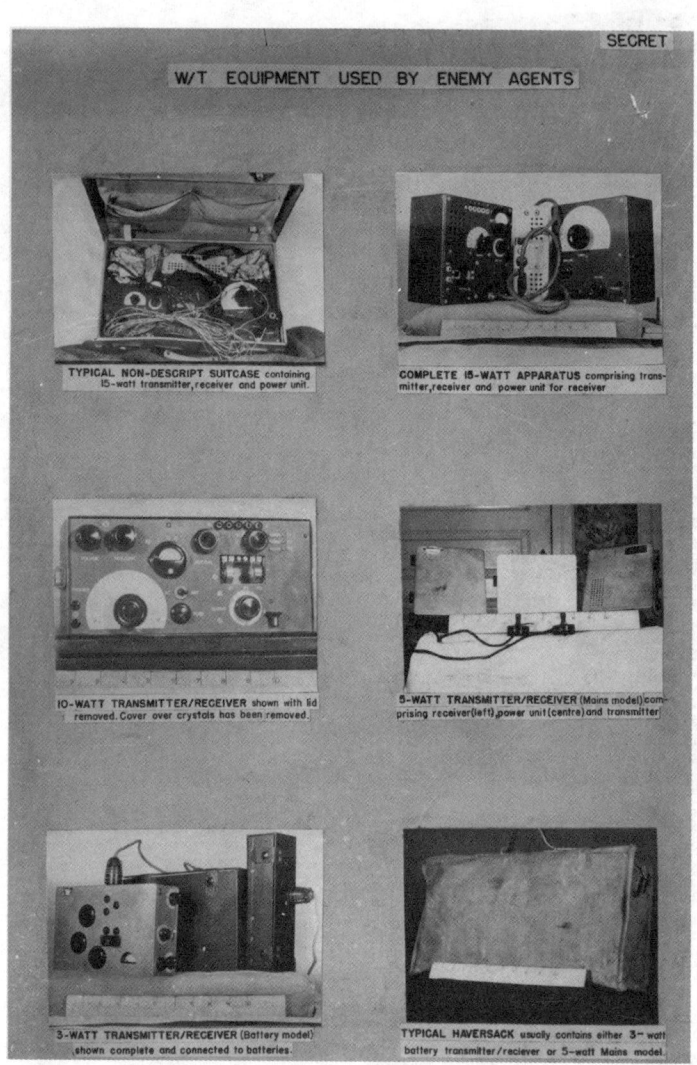

德国特工使用的无线设备。

Welbike，制作精巧，最小的军用摩托车，英军装备。设计初衷是为了将其装入一个名为 CLE 的特殊空投容器中，结合降落伞进行空投。

Welbike，图中展示了 Welbike 如何被装进 CLE 之中。

从德国特工手中收缴的录音设备。

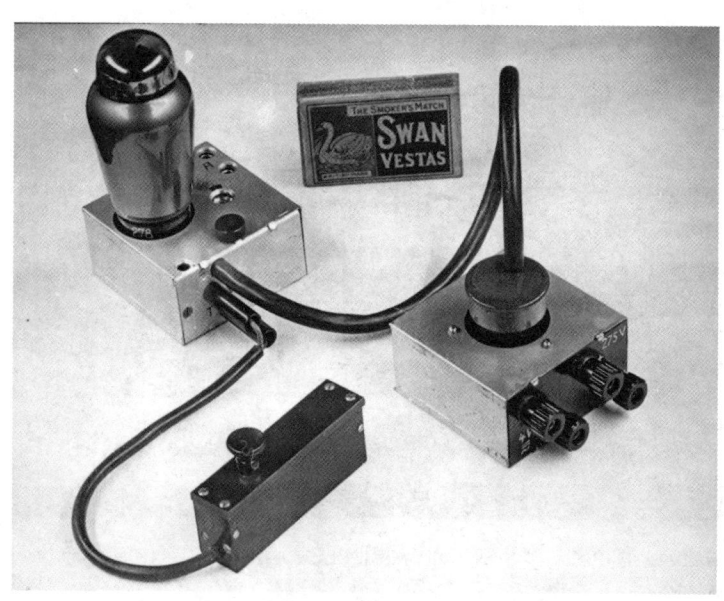

小型通信设备,由德国特工卡雷尔·里克特装备,整个设备就跟几个火柴盒一样大。

伪装后的通信设备。一般会伪装成树桩、重量秤、钟表和音乐盒，SOE设计制造。

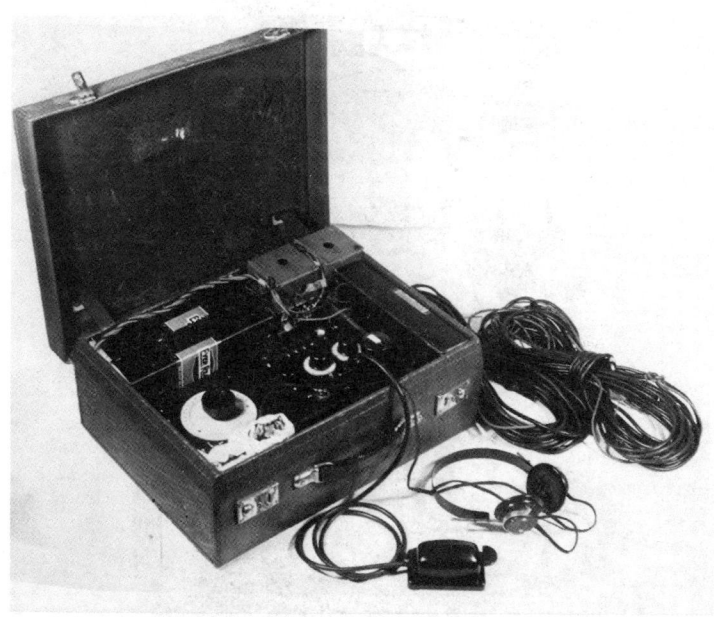

信号传输设备。由英军特勤机构从荷兰特工恩盖尔博特斯·福根（化名汉·威廉·特·布莱克）处缴获。

便携式留声机

  A.Mk.Ⅱ型无线电设备恰好可以放到欧洲大陆通用的留声机中。改装时可以将留声机的机械部分拆除，用一根假轴撑起上面的转盘，把音响部分拆掉，剩下的空间正好可以放下一个A.Mk.Ⅱ型无线电设备。
  将无线电设备藏在留声机里只是为了方便携带，用之前得拿出来重新装好。若需要用留声机播放音乐，留声机里有提前录制好的唱片。下面的图片展示了细节部分。

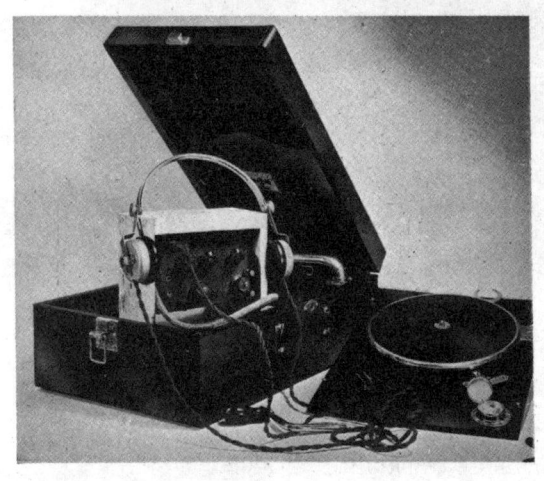

伪装成留声机的无线电设备。

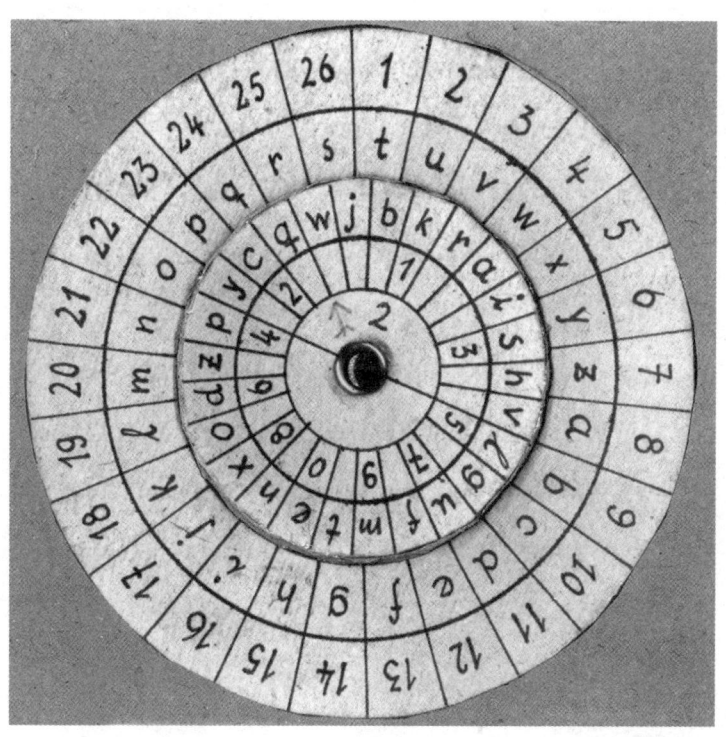

双碟片机械盘,加密用。

参考文献

下页中的图片可以在《英国国家档案》中通过查询以下代码得到：

扉页 HS 7/28	p.52－3 KV 4/284
p.30 WO 205/173	p.54（上）KV 4/284
p.31 HS 7/276	p.54（下）KV 4/283
p.32 HS 7/49	p.55（上）KV 4/283
p.34 HS 7/49	p.55（下）KV 4/283
p.36 HS 9/232/8	p.56（上）KV 4/283
p.37 HS 9/258/5	p.56（下）KV 4/283
p.38 KV 2/114	p.57（上）KV 4/283
p.40 KV 2/114	p.57（下）KV 4/283
p.41 KV 3/76	p.58 KV 4/283
p.42 KV 3/436	p.59 KV 4/259
p.43 KV 2/61	p.60 KV 4/283
p.44 KV 2/33	p.61 KV 4/283
p.48 KV 4/284	p.62 HS 7/28
p.49 KV 2/1462	p.63（上）HS 7/28
p.50 HS 10/1	p.63（下）KV 4/285

p.64 KV 4/450

p.65 KV 4/283

p.66（上）KV 4/283

p.66（下）KV 4/283

p.67（上）KV 4/284

p.67（下）KV 4/284

p.68（上）KV 4/285

p.68（下）KV 4/283

p.69 KV 4/284

p.70 KV 4/284

p.71 KV 4/283

p.72 - 3 KV 4/283

p.74 KV 4/283

p.75（上）KV 4/285

p.75（下）KV 4/283

p.76 KV 2/1462

p.77（上）HS 7/49

p.77（下）HS 7/49

p.78（上）KV 4/283

p.78（下）KV 4/284

p.79（上）KV 4/284

p.79（下）KV 4/285

p.80（上）HS 7/49

p.80（下）HS 7/49

p.81 WO 2054/12239

p.82 HS 7/49

p.83 HS 7/49

p.84 HS 7/30

p.85 HS 7/30

p.86 HS 7/30

p.87 HS 7/48

p.88（上）HS 7/30

p.88（下）HS 7/30

p.89 KV 2/458

p.90 - 1 HS 7/135

p.92（上）HS 10/1

p.92（下）HS 10/1

p.93 HS 7/30

p.94 - 5 HS 10/1

p.98 KV 4/283

p.99 KV 4/284

p.100 KV 4/285

p.101 KV 4/285

p.102 KV 4/284

p.103（上）KV 4/283

p.103（下）HS 7/30

p.106 HS 7/135
p.107 (上) HS 7/28
p.107 (下) HS 7/28
p.108 HS 7/28
p.109 KV 4/284
p.110 (上) HS 7/28
p.110 (下) HS 7/28
p.111 KV 4/283
p.114 HS 7/30
p.115 (上) CN 26/1
p.115 (下) CN 26/1
p.116 HO 217/7
p.117 CN 26/1
p.118 WO 208/4374
p.119 WO 208/4374
p.120 (上) CN 4/3
p.120 (下) WO 208/4374
p.121 (上) WO 204/7977
p.121 (下) WO 204/7977
p.122 WO 175/5
p.123 (上) WO 204/7977
p.123 (下) WO 204/7977
p.124 - 5 FO 1093/252

p.126 HS 7/28
p.127 HS 7/30
p.128 HS 7/30
p.129 HS 7/28
p.132 HS 7/30
p.133 EXT 3/27
p.134 WO 204/12239
p.135 (上) HS 10/1
p.135 (下) HS 10/1
p.136 (上) KV 2/62
p.136 (下) KV 2/32
p.137 (上) HS 10/1
p.137 (下) KV 2/114
p.138 HS 7/30
p.139 KV 2/62

The Spy Toolkit:Extraordinary Inventions From World War Ⅱ by Stephen Twigge with The National Archives
© Text and images Crown copyright The National Archives 2018
© The National Archives logo Crown Copyright 2018
This translation of The Spy Toolkit is published by New Star Press Co. Ltd. by arrangement with Bloomsbury Publishing Plc. Simplified Chinese edition copyright © 2020 New Star Press Co., Ltd. All rights reserved.
著作权合同登记号：01-2020-2423

图书在版编目（CIP）数据

间谍的工具箱／（英）史蒂芬·特威格著；乔迪译．——北京：新星出版社，2020.7
ISBN 978-7-5133-4072-4

Ⅰ．①间… Ⅱ．①史… ②乔… Ⅲ．①小品文-作品集-英国-现代 Ⅳ．① I561.65

中国版本图书馆 CIP 数据核字（2020）第 100005 号

午夜文库
谢刚 主持

间谍的工具箱

[英] 史蒂芬·特威格 著；乔迪 译

责任编辑：王 欢
特约编辑：郑 雁
责任校对：刘 义
责任印制：李珊珊
装帧设计：人马艺术设计·储平

出版发行：新星出版社
出 版 人：马汝军
社　　址：北京市西城区车公庄大街丙3号楼　100044
网　　址：www.newstarpress.com
电　　话：010-88310888
传　　真：010-65270449
法律顾问：北京市岳成律师事务所

读者服务：010-88310811　　service@newstarpress.com
邮购地址：北京市西城区车公庄大街丙 3 号楼　100044

印　　刷：北京美图印务有限公司
开　　本：910mm×1230mm　　1/32
印　　张：4.75
字　　数：21千字
版　　次：2020年7月第一版　2020年7月第一次印刷
书　　号：ISBN 978-7-5133-4072-4
定　　价：48.00元

版权专有，侵权必究；如有质量问题，请与印刷厂联系调换。